Giulietta Esthel

Un Aquilone di Farfalle

Romanzo

Titolo dell'opera: Un Aquilone di Farfalle
Prima Edizione ottobre 2015
© 2015 Giulietta Esthel
Tutti i diritti riservati
Illustrazione di copertina e progetto
grafico © Giulietta Esthel
ISBN-13: 978-1517739232
ISBN-10: 1517739233
CreateSpace Independent Publishing Platform

Questo libro è un'opera di fantasia.

Storia e personaggi sono frutto della fantasia dell'autrice.

"Di luna e sole insieme tu hai la luce,
essi non hanno gli occhi che ha il tuo viso..."

Qays (poeta arabo del VII sec.)

"Se i tuoi occhi color del mare
leggeranno queste parole
il mio desiderio si sarà realizzato.
Io ho scritto questo. Volevo dire,
ti amo più della mia vita."

G. Esthel

PROLOGO

Prima di Te

Una farfalla
che giace in terra
con le sue ali
ancor dischiuse
non so se è morta
oppure dorme
come il mio cuore
prima di te.

Quell'anno la primavera tardava ad arrivare. Le giornate si erano allungate ormai da diverse settimane, tuttavia l'atmosfera sembrava quella che avvolge le umide giornate novembrine, quando incomincia ad affacciarsi il primo freddo invernale.

Perlomeno aveva smesso di piovere, dopo quasi un mese di maltempo. Io appartengo a quella categoria di persone, che per un po' apprezzano l'aura romantica del grigiore e della pioggia, e poi tendono ad immalinconirsi.

Per festeggiare questo primo sole che timidamente faceva capolino tra le ultime nubi rimaste, decisi di uscire. Volevo dare un'occhiata ad un piccolo vivaio che avevo scoperto per caso, un paio di giorni addietro, poco distante da casa.

La mia visita si rivelò assai piacevole e fruttuosa. Tornai di ottimo umore portando tra le braccia delle piante cariche di boccioli variopinti. Le avrei sistemate sul terrazzo, come un'invocazione all'estate.

Con le loro tinte pastello avrebbero allietato quei giorni, ancora velati da una sottile malinconia.

Quello stesso, indefinibile, senso di nostalgia che pervade la mente quando essa si abbandona ai ricordi.

Programmai il mio intervento di giardinaggio per l'ora di pranzo, quando l'aria sarebbe stata sufficientemente calda da rendermi più sopportabile il vento tagliente che agitava con insistenza le chiome degli alberi.

Avrei portato a termine l'operazione di rinvaso sfruttando il tepore del primo pomeriggio.

Pronta per effettuare il lavoro, armata di tutto punto con i guanti da giardiniere e quant'altro potesse occorrere, andai ad iniziare. L'aria frizzante e il profumo dei fiori erano un toccasana per il mio morale. Rivolsi un'ultima occhiata al sacchetto di terriccio, che avevo appoggiato in un angolo accanto ai vasi, prima di mettermi all'opera.

Finalmente, potevo sistemare le nuove arrivate insieme alle altre numerose piante del mio balcone, mettendole a dimora. Qualcosa, però, richiamò la mia attenzione e mi arrestai con le mani a mezz'aria.

A pochi passi da me giaceva a terra una bella farfalla, con le grandi ali bianche distese.

Se non fosse stata completamente immobile, avrei potuto giurare che si trovasse sul punto di spiccare il volo. Ne fui turbata nel profondo.

Quella innocente bellezza, arresasi alla ineluttabilità del tempo, m'inteneriva fino alla commozione.

Non osavo avvicinarmi, quasi che ne potessi disturbare il riposo. Perché chissà, forse stava solo dormendo. Rientrai, lasciando in sospeso il lavoro.

Forse all'indomani la farfalla, destandosi dal suo sonno, avrebbe ritrovato la via del cielo.

La mattina seguente fu il rumore della pioggia battente, con il suo ticchettare regolare e sommesso, a riportarmi indietro dai miei sogni.

Ne avevo fatti diversi; ma non li ricordavo.

Soltanto poche, e frammentarie visioni mi tornavano alla mente. Erano farfalle.

Due candide farfalle che volavano insieme, come in una danza d'amore. Poi una all'improvviso, senza un motivo apparente, cadeva giù.

L'altra continuava a sbattere le ali, disorientata, di qua e di là come impazzita. Era rimasta sola.

Mi trascinai controvoglia in cucina a preparare il caffè.

Sarei rimasta volentieri ancora a letto, ma avevo bisogno di mangiare subito e prendere qualcosa per l'emicrania che mi accerchiava la testa, prima di fare programmi per la giornata.

L'insolita tranquillità, favorita dal tempo uggioso, servì a rammentarmi che era domenica.

Tirai un sospiro di sollievo; potevo concedermi un po' di riposo. Dopo aver consumato una corroborante colazione, uscii in terrazzo per prendere una boccata d'aria. Il cielo era ancora coperto da uno spesso strato di nubi, di un color grigio scuro piuttosto minaccioso.

Vidi che la farfalla era ancora lì, con le ali aperte come in un'ultima, disperata richiesta di aiuto.

Non so come spiegarlo, ma non riuscivo a rimuoverla.

Perciò continuai a lasciarla al suo posto, ancora nei giorni seguenti. Era ricominciato il maltempo, e mi pareva quasi di offrirle un riparo.

Uscivo a prendermi cura delle piante e le passavo accanto sempre con estrema cura, come temendo di poterle fare del male. La sua presenza aveva per me un significato.

Quelle grandi ali immobili come in attesa di un miracolo avevano riportato, alla superficie della mia anima, ricordi che io credevo ormai lontani per sempre.

Invece il passato era nuovamente lì davanti ai miei occhi, come la farfalla giacente.

Ricordi. Molti anni erano ormai trascorsi. Ma il ricordo di quell'antico amore andava riacquistando luce. Ed era vivida e prepotente più che mai.

Le farfalle che vedevo nella mia memoria erano due, come nei miei sogni. Danzavano insieme, l'una accanto all'altra, in una sublime armonia.

Volteggiavano nell'aria come sulle note di una melodia romantica, in un delizioso minuetto d'amore. Un amore così profondo da potersi esprimere nel silenzio.

Capitolo 1

Anche se gli anni le avevano affaticato l'andatura, Polly era ancora un bell'esemplare di cocker spaniel, con il folto pelo di colore fulvo. Era sempre stata tranquilla, aveva un carattere buonissimo, ed anche quella mattina procedeva placidamente di poco avanti al suo padrone, lungo il corso del fiume.

Era la consueta passeggiata del sabato mattina. Si aveva più tempo per stare fuori, all'aria aperta, ed era possibile allontanarsi maggiormente da casa. Tempo permettendo.

Quel giorno, infatti, le condizioni atmosferiche non erano esattamente le migliori ed era stato anzi previsto un netto peggioramento, che avrebbe portato dei violenti rovesci.

Forse per questo non si vedeva in giro nessuno. Certo, era ancora presto, le sette e trenta passate da poco. Tuttavia già a quell'ora di solito, e soprattutto nei fine settimana, era facile incontrare qualcuno che si teneva in forma correndo.

Gli appassionati di questa attività erano infatti, insieme ai ciclisti, assidui frequentatori del luogo.

Questo stava pensando l'uomo, mentre procedeva lungo il percorso che costeggiava il corso d'acqua in compagnia della sua cagnolina.

A volte si fermava, per seguire con lo sguardo il volo dei gabbiani che andavano sul fiume, mentre Polly continuava ad andare avanti rallentando di tanto in tanto per annusare attentamente qualcosa.

Era l'inizio dell'autunno, una mattina di ottobre dal cielo lattiginoso.

L'aria era velata da un fitto strato di foschia, più densa in prossimità dell'acqua e della vegetazione.

"Verrà giù un acquazzone, tra non molto" pensò l'uomo che decise, perciò, di richiamare la cagnetta per tornarsene a casa. Ma voltandosi la vide, con le orecchie color arancio al vento, che correva a zampe levate alla massima velocità che gli anni le potevano consentire. Quando arrivò vicino a lui, si accorse che la povera bestiola tremava, ansimando con un sommesso guaito.

Era sorpreso, Polly non faceva mai così.

Si abbassò preoccupato, e si guardò intorno con un senso di allarme.

Cercava di comprendere se qualcosa o qualcuno le avesse fatto del male. Ma non si scorgeva e non si sentiva nulla.

Non era ferita, per fortuna. Gli strofinava con affetto il naso sul dorso della mano e lo fissava negli occhi, come se cercasse di comunicargli qualcosa. L'atmosfera mattutina del paesaggio fluviale seminascosto dalla nebbia emanava un fascino sinistro.

L'assoluto silenzio, rotto soltanto dal rumore dell'acqua e dal verso acuto dei gabbiani, amplificava quella sensazione d'angoscia che adesso aveva dominio nella sua mente. La paura, come una viscida presenza celata al suo sguardo ma presente tutt'intorno a lui, stava prendendo il sopravvento.

Persino lo scricchiolare di un ramoscello sotto le scarpe, era sufficiente a farlo sobbalzare.

Voleva andare via. Tornare a casa, subito.

Avrebbe in seguito continuato a domandarsi se non fosse stato meglio dare retta al suo istinto. Ma nel fitto grigiore di quel mattino autunnale non lo fece. Prevalse la curiosità.

Come sospinti da una malefica fascinazione, i suoi passi proseguivano lungo il percorso, con circospetta cautela.

Lo stavano portando a vedere.

Cosa, non sapeva. E non era nemmeno sicuro di volerlo sapere veramente.

Cosa poteva aver spaventato il cane in quel modo? Forse un serpente, o un altro temibile animale.

Oppure un oggetto, spaventoso all'apparenza. Le gambe andavano da sole, quasi contro la sua stessa volontà. Si ritrovò a scoprire, all'improvviso, quale potente capacità d'attrazione possa esercitare il pericolo sull'animo umano, e quale desiderio ne consegua di sfidarlo.

Ci avrebbe ripensato fino alla fine dei suoi giorni, a ciò che stava per vedere.

A ciò che, a pochi metri, vide.

All'inizio, aveva avuto l'impressione vaga di un mucchio di stracci lasciati in terra. Gli erano parsi degli indumenti gettati via, insieme a un manichino rotto.

Lo avrebbe ripetuto tutte le volte che gli avessero chiesto di esporre i fatti.

Un soprabito leggero. Dei pantaloni in tessuto scuro, che poteva essere gabardine. Un foulard blu con una fantasia a fiori. E la parrucca, cioè i capelli del manichino.

Vedeva capelli di media lunghezza, castani.

Erano arruffati intorno al capo, in modo da nasconderne parzialmente le fattezze.

Poi, di colpo, si era fermato.

Ma troppo tardi, troppo vicino per non comprendere che quell'orribile bambola, devastata dai morsi degli animali, e dalla furia dei colpi subiti, era ciò che restava di un essere umano.

Quella cosa di ripugnante bruttezza, che giaceva in modo scomposto in mezzo all'erba, era stata una giovane donna fino a non molto tempo prima.

Il suo stato d'animo mutò all'istante.

Stranamente la paura, invece di accrescersi alla vista di quel terribile scempio, scomparve.

E cedette il passo ad una infinita pietà.

Era una brava persona, ed avrebbe voluto, in un qualsiasi modo, poter fare qualcosa per la povera ragazza.

Ma quella posa innaturale da bambola spezzata e lo stato pessimo del cadavere, avrebbero dissuaso chiunque.

Oltre ogni ragionevole dubbio.

La tragica evidenza del suo stato, dimostrava che era già morta. Ormai da parecchie ore.

Capitolo 2

Colui che aveva effettuato il macabro ritrovamento non si sbagliava. Senz'ombra di dubbio si trattava di un delitto, e la vittima era stata colpita a morte circa dodici ore prima. L'assassinio era stato, quindi, consumato nella serata del giorno precedente.

La signorina Mirandes, così si chiamava quella poveretta, avrebbe compiuto trentasei anni in dicembre. Da poco più di dodici era la segretaria, efficiente e riservata, di un noto avvocato.

Per il suo datore di lavoro, un personaggio di spicco negli ambienti bene della città, la sua sarebbe stata senza dubbio una grave perdita.

Con tutta probabilità era stata aggredita proprio lì, lungo la sponda del fiume. Perché vi si trovasse, e ad un'ora così tarda, era il mistero da risolvere.

Come mai una donna come lei si era recata, in una notte piovosa d'ottobre, in quel luogo?

A quell'ora era assai buio e molto poco raccomandabile.

Anche il suo abbigliamento, come di consueto semplice ed elegante, appariva fuori luogo in quel contesto.

Indossava pantaloni in gabardine blu scuro, una camicetta di seta, un cardigan chiuso con dei bottoni dorati, ed uno spolverino di colore beige scuro, in accordo con le scarpe e la borsa. Aveva con sé anche un foulard, blu scuro con una fantasia a fiori beige.

Curiosamente, lo aveva intorno a un braccio, ma non fu data grande importanza al dettaglio.

Doveva essersi avvolto mentre la donna si contorceva a terra, negli ultimi spasmi.

Il movente si mostrava chiaro, quasi banale.

Un evidente tentativo di rapina, finito nel sangue. In un primo momento, la donna aveva cercato di sottrarsi.

Un fendente, non grave, l'aveva infatti ferita alla schiena presumibilmente in un disperato quanto inutile tentativo di fuga. Con un altro assalto era stata nuovamente colpita, e con maggiore violenza. Il colpo, inferto con un'arma da taglio come il precedente, le aveva prodotto uno squarcio profondo al braccio destro.

Doveva averlo posto d'istinto tra il suo corpo e quello dell'assassino, nell'estremo tentativo di proteggersi.

Poco più avanti, in un cespuglio, era stata ritrovata la sua borsetta. Non conteneva nulla. Doveva essere stata gettata lì, dopo che era stata svuotata.

La Mirandes era stata derubata di tutto, compresa la sua stessa vita, purtroppo.

I giornali diedero un grande risalto alla notizia della sua tragica scomparsa per qualche giorno. Poi, sulla vicenda, si spensero le luci dell'attenzione mediatica e calò il sipario.

In effetti, il caso non andò alle lunghe. Come si dice negli ambienti investigativi, le prime quarantotto ore sono quelle fondamentali per la scoperta del colpevole.

Gli inquirenti manifestarono grande soddisfazione per il lavoro così ottimamente svolto, e per la risposta immediata che le forze dell'ordine avevano saputo dare a quell'atroce delitto, perpetrato ai danni di una cittadina inerme.

Una brava ragazza, senza grilli per la testa. La sola colpa che aveva avuto, era stata la sua imprudenza.

La sua era un'esistenza tranquilla, senza segreti. Molto assorbita dalla dedizione al proprio lavoro.

In quel periodo non aveva legami sentimentali, forse per il fatto che il suo tempo libero era, in gran parte, dedicato alla cura della madre inferma.

Il movente passionale era stato perciò scartato, salvo poi sviluppi futuri a riguardo.

Era stata, in passato, fidanzata due volte.

In entrambi i casi, la relazione era terminata in maniera amichevole tanto che frequentava ancora i due uomini, ora entrambi sposati, alla luce del sole.

Ed era in ottimi rapporti anche con le rispettive consorti.

Insomma, niente da nascondere. La sua era una vita tutta casa e lavoro; quanto era successo a lei poteva accadere a chiunque.

Si era arrivati all'arresto del colpevole senza difficoltà; la pista calda era stata individuata quasi immediatamente.

A poca distanza dal luogo in cui la povera ragazza aveva incontrato la morte, al riparo del ponte situato subito dopo la leggera ansa descritta dal fiume in quel tratto, vivevano dei clochards.

Una parola più elegante per definire i senzatetto, come se il suono raffinato del termine francese potesse in qualche modo alleviarne la condizione.

Si trattava di gente che non aveva nulla, tranne qualche pagliericcio, molti cartoni ed altri pochi oggetti. Il minimo necessario per sopravvivere, con l'esigua protezione che il ponte poteva offrire.

Sembrava impossibile, in quella miseria, immaginare che poco al di sopra si trovassero le case, eleganti e ricche, di uno dei quartieri alti della città. Tra solenni palazzi di fine Ottocento, palazzine firmate dagli architetti più in voga del Dopoguerra ed incantevoli villini dei Primi Novecento, le cui preziose decorazioni in stile liberty parevano riflessi di un altro universo, fatto di grazia e di bellezza.

Gli abitanti del fiume stavano tranquilli; anonime sagome umane che vivevano in silenzio, ai margini di quella parte più fortunata della società.

Rispetto ai facoltosi residenti, gente che amava vestirsi con abiti griffati e usava spostarsi in auto di lusso, erano ombre indistinte, che scivolavano via piano a raccogliere le briciole di quelle altre vite così diverse.

Individui senza lineamenti e tuttavia presenze familiari, che non davano alcun fastidio.

Spesso si vedeva tra loro un uomo alto, che quasi sempre scriveva. Lui se ne stava in disparte e, non fosse stato per i suoi indumenti evidentemente vecchi e lisi, avrebbe avuto un'aria piuttosto distinta.

In molti lo conoscevano nella zona: quelli che andavano in bicicletta o a passeggio lungo il fiume, come coloro che vi portavano i propri cani.

Si muoveva sempre con discrezione, come se temesse di esporre troppo la povertà della sua apparenza. Lo si vedeva piuttosto di frequente anche passeggiare nella grande villa pubblica, che delimitava il quartiere con la sua imponente distesa verde.

L'assassino era lui.

Quell'uomo riservato e dignitoso, che chiunque avrebbe giurato essere una persona pacifica.

Gli indizi, anzi le prove, contro di lui erano schiaccianti; non potevano esservi dubbi.

Era stato visto, quella notte, per le vie del quartiere da alcuni residenti che facevano ritorno a casa dopo l'uscita consueta del venerdì sera.

L'avevano visto vagare con aria sconvolta.

Appariva confuso e disorientato, nonostante che le strade

percorse gli fossero più che familiari. Camminava, da solo, incurante della pioggia battente.

Con una espressione d'angoscia dipinta sul volto.

Sofferenza e sgomento erano impressi sui suoi lineamenti in modo tanto evidente da risaltare nel buio, alla sola luce dei lampioni.

Indossava il suo vecchio soprabito, un impermeabile di buona fattura che doveva aver conosciuto tempi migliori.

Tutto macchiato di sangue.

Capitolo 3

Le ricerche scattarono immediatamente, e fu approntato un identikit con le sue sembianze per diffonderlo nel più breve tempo possibile.

Era necessario bloccarlo senza indugio.

Rileggendo gli articoli di giornale pubblicati allora, non si può non evincere, tuttavia, come l'imponente dispiego delle forze predisposte per braccare l'autore di quel feroce delitto, ed effettuarne la cattura, si fosse rivelato in modo quasi grottesco, sproporzionato.

Come le cronache del tempo riportavano in modo chiaro ed unanime, l'arresto era avvenuto senza alcuna difficoltà dato che l'uomo non aveva opposto la minima resistenza, né tanto meno accennato un qualche tentativo di fuga.

Si era invece consegnato docilmente, seguendo di buon grado gli agenti.

Lo avevano trovato seduto ad una panchina nella villa, in un punto panoramico situato in cima ad una collinetta.

Da lì si poteva ammirare il paesaggio autunnale in tutta la sua malinconica bellezza. Sullo sfondo vi era un piccolo lago artificiale, con la superficie accarezzata dalle lunghe fronde dei salici piangenti, dove placidamente nuotavano anatre e cigni.

L'uomo indossava ancora l'impermeabile con le macchie di sangue; evidentemente, non aveva pensato a disfarsene.

Le analisi avrebbero confermato i sospetti senza ombra di dubbio. Il sangue apparteneva alla vittima, come quello che gli fu rinvenuto sulle mani e sotto le unghie.

Sconvolto per quanto era accaduto, doveva aver vagato ore ed ore sotto shock, senza minimamente preoccuparsi di far perdere le sue tracce.

Cosa che non gli sarebbe stata troppo difficile, nel mondo degli invisibili che frequentava.

Dalla descrizione che le persone avevano fatto di lui, era chiaro che la situazione doveva essere precipitata, andando al di là delle sue effettive intenzioni.

Si ipotizzò che avesse aggredito la donna unicamente per impossessarsi di quanto contenuto nella borsetta, sebbene non gli fosse stato trovato indosso alcunché.

Non aveva, almeno inizialmente, avuto alcuna intenzione di farle del male. Poi però la vittima doveva aver reagito, e gridato per chiedere aiuto. A quel punto, preso dal panico, l'aveva colpita. E, nel tentativo di zittirla, aveva infierito su di lei fino ad ucciderla.

A causare il decesso della giovane era stata una ferita alla testa, procurata con un oggetto acuminato. Verosimilmente una pietra.

Erano stati riscontrati segni di percosse sul viso, e due ferite da taglio, a un braccio e sulla schiena. Le numerose impronte appartenenti all'uomo, presenti sul corpo e sugli indumenti della vittima, andavano a completare il quadro.

All'inizio dunque, l'ipotesi era stata quella di una tentata rapina degenerata in omicidio.

Ma successivamente, era emerso un nuovo dettaglio, che aveva acceso sul delitto una luce diversa. Più morbosa.

Le impronte dell'uomo erano state individuate anche sul reggiseno della segretaria.

Allora si trattava forse di un tentativo di stupro, oppure di un'insana passione e di un approccio finito in tragedia.

Il movente passionale, messo da parte al principio, parve essere a quel punto la chiave di lettura del delitto.

La Mirandes non abitava lì nel quartiere, ma vi lavorava. Il rinomato studio legale dell'avvocato Del Brasco, era ubicato al piano terreno di uno dei villini che con dignità decoravano l'intera zona apparendo come scrigni preziosi, nelle loro fiabesche decorazioni.

L'accusato vagabondava di frequente in quelle strade, e forse aveva messo gli occhi sulla segretaria dell'avvocato vedendola muoversi nei dintorni, per le commissioni dello studio. Era probabile, dunque, che la tentata rapina potesse addirittura essere soltanto un diversivo per coprire la vera natura del delitto. Si sarebbe, così, confermato in maniera inoppugnabile quel movente passionale, contrariamente a quanto si era supposto nelle primissime fasi delle indagini.

Di refurtiva, l'uomo non ne aveva addosso.

Gli effetti della vittima, che erano stati tanto brutalmente sottratti, non furono mai ritrovati. Doveva averli gettati via per paura, oppure li aveva nascosti.

D'altra parte, di tempo ne aveva avuto.

Era stato tratto in arresto all'interno del parco, solamente nel primo pomeriggio del lunedì. Due giorni e mezzo dopo l'avvenuta uccisione.

Aveva atteso che l'avvicinassero, con lo sguardo smarrito nel vuoto e l'ombra d'un sorriso dipinta sul volto.

Quelli che effettuarono la cattura ne furono colpiti assai profondamente. A tal punto, che non lo avrebbero mai più dimenticato.

Gli occhi di quell'uomo che aveva ucciso come una belva feroce, avevano una luce di beatitudine che si sarebbe detta di provenienza ultraterrena.

Forse erano solo arsi di febbre.

Ma quella luce che avevano visto, e l'avevano vista, non aveva nulla di sinistro. Emanava, da quello sguardo lontano, la sensazione di una perfetta serenità. Come di chi abbia definitivamente superato e vinto ogni dolore di questo mondo. E vi era anche dell'altro, in quegli occhi persi nel cielo. Trionfo. Una gioia selvaggia, come quella di un naufrago che, quasi a un passo dalla morte, riesca ad afferrarsi a una parte del relitto, e a mettersi in salvo. *Ce l'ho fatta, ho vinto*. Questo, pareva volesse sussurrare a fil di labbra nel suo sorriso. E qualsiasi cosa i suoi occhi rapiti vedessero tra gli alberi dalle foglie rosse e dorate, nella dolcezza struggente di quel pomeriggio d'autunno e nei suoi colori, doveva essere certo qualcosa di meraviglioso.

Capitolo 4

Per tutta la durata del processo, con l'opinione pubblica interamente schierata contro di lui per la brutale violenza del delitto e l'aggravante del presunto tentativo di stupro che, a quanto si era dedotto dalle impronte, doveva essere avvenuto dopo il ferimento, egli non proferì parola.

Rimase chiuso in uno stato di muto disinteresse per tutto quanto gli andava accadendo intorno.

Sembrava che la cosa, a suo giudizio, non lo riguardasse e si trovasse suo malgrado a far parte di uno spettacolo che lo annoiava.

Come uno spettatore a teatro che, all'improvviso, si fosse trovato seduto al centro del palcoscenico, nel bel mezzo di una commedia con il pubblico di fronte. E che, non avendo una parte da recitare, non sapesse in che modo comportarsi ed avesse perciò deciso d'assistere immobile in silenzio per non dare troppo nell'occhio.

Non accennò mai, neppure lontanamente, alcun tentativo per difendersi dalle accuse. Né mostrò mai alcuna reazione a tutto ciò che venne detto e che fu mostrato, come se non ne avesse consapevolezza.

Oppure, una ferrea determinazione lo mantenesse in tale stato di estraneità.

Quel comportamento rese vita facile all'accusa.

L'immagine che fu tratteggiata di lui, lo descriveva come un uomo di ghiaccio, talmente abbruttito dalla sua misera condizione, da non conservare più nemmeno un briciolo di sensibilità e di pietà umana.

Ciò combaciava esattamente con il profilo delineato dalla dinamica dei fatti e dalle prove a suo carico.

Si giustificava da sé, in tal modo, anche il suo silenzio. E cosa avrebbe potuto dire, d'altronde?

Era colpevole. Punto e basta.

Questa, era la ricostruzione che avevo potuto trarre dagli articoli e dai commenti dell'epoca del delitto, di cui avevo preso visione e che mi parvero sostanzialmente allineati.

Nessuna voce fuori dal coro.

Erano trascorsi ormai molti anni ed era una vicenda della quale quasi nessuno si ricordava più. Ai suoi tempi, però, aveva suscitato un grande clamore. Era stato uno di quei casi che, come si dice, fanno notizia.

Di quelli che scuotono l'opinione pubblica, uno di quelli dei quali si parla anche in televisione, come in autobus o al bar. A condanna avvenuta, tutto era scivolato lentamente nell'oblio.

Desideravo sapere qualcosa in più di quella storia.

Decisi perciò di mettermi in contatto con il legale che a quell'epoca aveva assistito l'accusato. O perlomeno, avrei cercato di farlo.

Era passato molto tempo. L'avvocato difensore di allora, poteva anche non essere facilmente rintracciabile. Senza contare, poi, che se anche fossi riuscita a trovarlo, non era per nulla scontato che avrebbe accettato d'incontrarmi per riesumare quella vecchia faccenda.

In realtà, era molto più probabile il contrario; ma io avrei tentato comunque.

Dato il suo stato di indigenza, l'imputato era stato difeso da un legale appartenente ad un gruppo di volontari, che dava assistenza ai nullatenenti. L'avvocato che lo aveva assistito era l'unica persona rimasta al suo fianco per tutta la durata del processo e forse era anche l'unica persona ad essere entrata in contatto con lui.

Avrei cominciato da lì.

Penso sia sempre meglio non cedere a facili entusiasmi, ma ammetto che in quel caso la mia ricerca si rivelò molto meno complessa del previsto, e questo mi rese abbastanza ottimista circa le probabilità di successo. Un buon inizio in genere facilita sempre un po' le cose.

Elaide Garbanti, a quei tempi, era nella prima fase della sua carriera legale. Con gli anni, aveva poi affiancato alla meritoria attività di giustizia sociale, anche altri impegni.

Attualmente, secondo ciò che avevo saputo, condivideva uno studio ben avviato con un collega che era, tra l'altro, anche suo marito.

Provai a chiamarla, con una residua dose di scetticismo e con il timore che non si sarebbe neppure fatta passare la mia telefonata, se soltanto le avessi accennato la ragione della mia richiesta.

Con mia sorpresa, invece, quando le spiegai brevemente il motivo per il quale avrei desiderato incontrarla, (mi ero guardata bene dallo scendere nei dettagli con la segretaria lasciandole credere, piuttosto, che fossi una futura cliente) la Garbanti acconsentì con grande cortesia.

Ad essere sincera, quando avevo pronunciato il nome di quel suo assistito e le avevo fatto sapere quanto mi sarebbe stato utile conoscere la sua opinione in merito all'uomo che a tale nome corrispondeva, per qualche attimo, il tono cordialmente professionale della sua voce si era spento.

Una pausa di silenzio assoluto aveva, improvvisamente, interrotto la nostra conversazione. Pensai che fosse lì lì per riagganciare il telefono senza neanche salutare, troncando di netto il mio discorso.

Comprendevo come le dovesse risultare completamente inatteso. E, assai probabilmente, del tutto indesiderato. Sbagliavo. Si rivolse nuovamente a me; ma adesso il tono della voce era cambiato, come avesse deciso di gettare via la maschera di neutralità che la professione le imponeva. Mi parlò in tono cortese ma deciso.

Anche il suo umore era mutato, rispetto alle precedenti battute che ci eravamo educatamente scambiate da perfette estranee quali eravamo. Adesso era più grave, quasi che di colpo si fosse ritrovata con qualcosa di fragilissimo tra le sue mani e si muovesse pertanto con estrema cautela.

Percepii in quella voce alla quale non ero ancora in grado di dare un volto, una trattenuta ma intensa emozione.

Sentii anche che si era creata una corrente di complicità, tra di noi, quando mi chiese dove e come avremmo potuto vederci. Al più presto.

Capitolo 5

Ero stata positivamente colpita dall'interessamento della Garbanti, così puntuale e sincero. Assolutamente al di là delle mie più rosee speranze.

Intendevo, pertanto, manifestarle in qualche modo la mia gratitudine per quello slancio generoso. Per questo decisi che, al nostro appuntamento, mi sarei offerta di invitarla a prendere un tè in una rinomata sala non molto distante dal suo studio legale.

Mi recai al luogo convenuto per il nostro incontro, dopo appena due giorni dal nostro breve colloquio telefonico. Le avevo inviato un messaggio al cellulare per chiederle se le avrebbe fatto piacere bere insieme una tazza di buon tè, ed avevo ricevuto quasi subito la sua risposta.

Le sembrava un'ottima idea.

Ci vedemmo nel pomeriggio. Dopo una calorosa stretta di mano, a conferma della reciproca simpatia, le spiegai come avessi scelto quel posto. Non intendevo farle perdere tempo a districarsi nel traffico della città, particolarmente intenso in quelle ore.

Le confessai, per onestà, di non esserci mai stata prima nonostante il locale godesse di un'eccellente reputazione.

Anche lei non c'era mai stata; ma ne aveva ovviamente sentito parlare, dato che il suo studio era situato un paio di traverse più avanti.

Era senza dubbio un bel posto, dall'aria deliziosamente vintage, almeno questo era ciò che pensavo io. Fui lieta di constatare come piacesse anche alla mia nuova amica.

Ero stata davvero fortunata, l'avvocato Garbanti era una persona assai piacevole.

Una donna bruna, alta e snella. Se non proprio bellissima, certamente graziosa, dal viso schietto e simpatico.

Aveva un bel sorriso, che il colorito olivastro della pelle metteva in risalto.

Doveva avere sui cinquant'anni, età corrispondente alla sua storia professionale. All'epoca dell'omicidio Mirandes era giovane, ancora non troppo esperta.

Parlava in modo diretto seppure con impeccabile cortesia, ed il suo sguardo puntava costantemente dritto agli occhi dell'interlocutore. Mi piaceva, nonostante non nutrissi una eccessiva simpatia per gli avvocati in genere. Glielo dissi.

Lei ricambiò con un ampio sorriso ed annuì: «D'accordo, lo considero allora un enorme complimento. Ci vogliamo dare del tu?»

Sì, era decisamente una persona affabile. Dai suoi modi traspariva anche una marcata sensibilità umana, che mi faceva riflettere su quello che poteva essere stato il legame tra lei e il suo taciturno assistito.

Certamente, pensai, non il consueto rapporto tra avvocato e cliente. Per diverse, ed importanti, ragioni.

Le particolari qualità umane dell'avvocato che, unite alla giovane età, dovevano aver avuto un ruolo non secondario nella vicenda, come le caratteristiche assolutamente fuori dal comune dell'assistito.

Assistito gratuitamente, perché quell'uomo non avrebbe mai potuto permettersi un qualsiasi avvocato.

Lui non possedeva nulla oltre la propria vita ma pareva, da quello che fu il suo comportamento, che non avesse per lui molto valore neppure quella.

Non aveva voluto mai parlare.

Non in aula. Non ufficialmente.

Ma alla ragazza che voleva difenderlo, a lei, aveva detto qualcosa?

Quella stessa ragazza adesso era seduta davanti a me e mi fissava con i suoi occhi, scuri e profondi. Si era affezionata a quell'uomo, non mi ci volle molto per comprenderlo. E lo era ancora. Potevo leggere nel suo sguardo sincero, come in un libro aperto. Vedevo la commozione che quei ricordi le procuravano.

Ordinammo il nostro tè, con un assortimento di pasticcini e piccoli sfizi salati. Constatai, con un certo sollievo, che era discretamente golosa come me. Eravamo a nostro agio, come se ci conoscessimo da tempo. E questo avrebbe reso, pensai, più facile ogni successivo discorso.

All'inizio scambiammo dei commenti sul locale, in modo da sciogliere definitivamente il ghiaccio. Elaide ammise di non esserci stata prima, come me, nonostante si trovasse tanto vicino al suo posto di lavoro. Era sempre molto presa dai numerosi impegni; ma sarebbe sicuramente tornata con il marito.

La prima cosa che le chiesi fu come mai avesse accettato di parlarmi, sapendo già quello che le avrei domandato.

Lei rispose scuotendo la testa in un cenno interrogativo, come stesse rivolgendosi la medesima domanda.

«La verità è che non lo so. Se qualcuno mi avesse detto solo qualche giorno fa che ci saremmo incontrate in questo modo, avrei ribattuto che non era possibile. Sai, è strano quando il passato ritorna. Come se una porta, che credevi chiusa per sempre, si riaprisse all'improvviso.

Ma, per risponderti, credo sinceramente che sia stato per curiosità.»

Non potei fare a meno di mostrare la mia sorpresa.

«Veramente, pensavo d'essere io a voler domandare delle cose.»

Sorrise. «Certo, è chiaro. Io sono semplicemente curiosa di sapere perché lo fai. Intendo dire, nessuno finora si è interessato al mio assistito. Mai, se non per accusarlo.» Notai che si stava accalorando; ancora dopo tanto tempo, il legame con l'uomo silenzioso era vivo più che mai. Era stata sempre dalla sua parte, era chiaro. Continuava a difenderlo.

«Tu sei una giornalista, se ho capito bene», proseguì «sei un po' troppo giovane, forse, per ricordare quei fatti. Sono trascorsi molti anni da allora.»

«Ero poco più che una bambina all'epoca, però il ricordo di quella vicenda è abbastanza netto. Diciamo che mi colpì nel profondo, a quell'età si è particolarmente permeabili. E comunque sì, sono una giornalista. Scrivo per mestiere ed anche per passione.» Risposi, cercando il più possibile di ricambiare la sua sincerità.

«Vorresti scrivere un libro su questo caso giudiziario? Lo devo ammettere, si presta davvero bene: un efferato delitto che sembra risolto, un innocente che finisce in prigione per sbaglio... Diciamo che gli ingredienti giusti ci sono tutti», ammise Elaide con amarezza, guardandomi negli occhi.

«Ma ora è tornato ad essere un uomo libero, certamente lo saprai», aggiunse.

«Certamente, lo so. L'estate scorsa la notizia era su tutti i giornali. Forse ti stai chiedendo perché non ti ho contattata prima. Diciamo che ho dovuto un po' rifletterci, prima di decidermi a scrivere su questa vicenda», le risposi. «Inoltre ho condotto alcune ricerche, per ricostruire correttamente la cronologia e lo sviluppo dei fatti. Come ti dicevo prima, all'epoca ero una ragazzina.»

La Garbanti annuì con la testa. «Veramente, quello che io mi domando», m'interruppe sporgendosi un po' dalla mia parte, «è come mai ti sia rivolta a me e non direttamente a lui, per sapere come siano effettivamente andate le cose».

Accostò la sedia per avvicinarsi ulteriormente ed abbassò il tono della voce. «Perché vedi, io penso che soltanto lui sia in grado di spiegare, ammesso che lo voglia, la ragione del suo sacrificio. La posso finalmente usare questa parola, ora che non ci sono più dubbi sulla sua innocenza.»

Tirò un profondo sospiro. «Che cosa può avere spinto un uomo, per quanto in apparenza un reietto della società, a consegnarsi e subire una condanna immeritata, con tutto ciò che questa avrebbe comportato sia sul piano materiale che su quello morale?»

Capitolo 6

Lasciammo l'elegante sala da tè, quando erano trascorse più di due ore dal nostro incontro.

Avevamo parlato tanto, e ci salutammo con una calorosa stretta di mano e un cordiale arrivederci; ma in maniera un tantino frettolosa, per via della pioggia che veniva giù a dirotto.

"Ha incominciato a piovere di nuovo!" Sospirai. Speravo tanto che nei giorni seguenti il tempo migliorasse. Avevo un viaggio da compiere.

Quella notte non riuscii a prendere sonno. Quasi non chiusi occhio, e il giorno seguente ne pagai il prezzo. Era nelle mie intenzioni effettuare la prenotazione per il treno e l'albergo e poi preparare i bagagli in modo da poter partire il prima possibile.

Tuttavia, mi riuscì di portare a termine soltanto metà di ciò che mi ero proposta.

Ero stanchissima. O forse inconsciamente stavo cercando di prendere tempo, invece di lanciarmi in una ricerca che poteva rivelarsi per me una grande delusione?

Dall'avvocato Garbanti avevo saputo molte cose. Molte altre avrei dovuto scoprirle da sola.

Sempre che riuscissi nel mio intento.

Quando parlava di lui, Elaide si infervorava. Era chiaro che il ricordo di quell'uomo non l'aveva abbandonata negli anni. Ad un certo punto, non ero riuscita a trattenermi dal dirle:

«Che lui non fosse il colpevole, tu lo avevi capito, vero?

È per domandarti questo, che ho voluto vederti. Ma se tu avevi intuito la sua innocenza, perché non lo hai convinto a parlare, a scagionarsi, o perlomeno a tentare di farlo?»

Allora lei aveva chinato il capo, come se un grave peso le fosse all'improvviso calato sulle spalle. Guardava il fondo della sua tazzina da tè, continuando a girare il cucchiaino in modo meccanico.

Vecchie ombre riemergevano dal passato.

«Certo che lo avevo capito. Io lo sapevo. Ma era tuttavia una certezza che esisteva soltanto dentro di me. Non avevo nemmeno uno straccio di prova, né una testimonianza che mi permettesse di imbastire qualcosa. Tutti i fatti, ed anche le apparenze, erano contro di lui. Tutto.» Ed a quel punto aveva sollevato lo sguardo.

Aveva gli occhi colmi di lacrime. Non pianse, però, ma proseguì il suo racconto.

«Sì, avevamo tutto contro. Tuttavia Gabriel, sapevo bene anche questo, non mi avrebbe aiutata a difenderlo in alcun modo. Fosse stato per lui, la difesa non l'avrebbe neanche voluta. Io diventai il suo avvocato per l'interessamento di un'altra persona, un suo amico, che venne a cercarmi. No, non avrebbe collaborato per nessuna ragione, e non perché fosse un incosciente» disse con voce grave, guardandomi. «Gabriel non era, come avevano voluto farlo passare, un vagabondo senza radici. Compresi subito di avere di fronte una persona molto sensibile e intelligente. Lo lessi a chiare lettere nel suo sguardo mite e profondo. E non mi ci volle molto tempo per comprendere come lui stesse perseguendo un suo fine.»

«Qual'era il suo fine?» le avevo chiesto, interrompendo il suo racconto.

«Stava proteggendo qualcuno, è chiaro» rispose lei.

Gabriel. Era per lui che mi stavo accingendo a partire. Per cercarlo, per parlare con lui. Dovevo sapere. Dovevo parlare con Gabriel, anzi Dante Gabriel, perché questo è il suo nome. Dante Gabriel come Rossetti, il pittore e poeta inglese dell'Ottocento.

Questo dettaglio aggiungeva alla sua figura un ulteriore elemento di fascino.

Sempre di più, mi appariva come uno di quei personaggi che, nelle tragedie romantiche, sono segnati fin dall'inizio da un crudele destino d'amore e di morte.

Soprattutto, poi, dopo le rivelazioni della Garbanti.

«Gabriel è un uomo coltissimo, e molto ben educato» mi aveva detto, proseguendo nella sua descrizione.

Ne tratteggiava il carattere con grande rispetto, e da ciò potevo intuire come non dovesse trattarsi di una persona ordinaria. Non rimasi delusa.

Elaide, vedendomi pendere letteralmente dalle sue labbra, non si fece pregare. Per tutto quel tempo, era rimasta in attesa di qualcuno che desiderasse ascoltare la sua verità.

«Io ho cercato di mostrare la sua vera immagine; lo dissi e lo ripetei all'infinito, che lui non era un violento e non sarebbe mai stato capace di fare del male neanche ad una formica.» Gli occhi le brillavano di commozione.

«Perché, come avrebbe mai potuto la mente corrotta di un assassino, ladro e stupratore, di un asociale abbruttito dalla miseria e dai vizi come l'uomo che si dipingeva, concepire quei delicati versi d'amore?»

Sentii il cuore che accelerava i suoi battiti.

«Di quali versi d'amore stai parlando?»

Era come se un telo nero si stesse pian piano sollevando, sebbene ancora troppo poco perché potessi vedere quello che teneva celato.

Ma sentivo che quel telo si sarebbe rimosso, e mi avrebbe disvelato qualcosa di sorprendente.

«Questo non era sui giornali» spiegò la Garbanti «quando venne arrestato, aveva con sé una busta chiusa contenente un foglio accuratamente ripiegato. Busta e foglio erano di ottima qualità. Il contenuto era una poesia. Una sua poesia. Delle altre erano state trovate nel posto dove lui dormiva, conservate con cura tra le sue poche cose. Erano scritte su un blocco dalla copertina rovinata, legato a un altro con un nastro rosso di raso. L'altro invece non era rovinato; ma al contrario, si trattava di un quaderno elegante, che doveva avere un certo costo. Era il suo unico oggetto di pregio, in contrasto stridente con tutto il resto.»

Dunque Gabriel era un poeta, un romantico sognatore. Mi andavo chiedendo se non fosse stata proprio quella, la sua condanna.

Qualcosa, tuttavia, non mi tornava. «Vuoi dirmi forse che questo elemento non venne preso in considerazione?»

Elaide reagì con una smorfia di dolore, come se le avessi toccato una ferita ancora aperta.

«Al contrario. Fu decisivo, in un certo senso.» Scosse la testa, con evidente dispiacere.

«Fu ritenuto un'ulteriore prova della sua colpevolezza, se mai vi fosse stato bisogno. Un altro peso nel piatto della bilancia, che già pendeva inesorabilmente a suo sfavore.»

Annuii.

«Sì, ho capito. Fu interpretato come la prova del nove. Il clochard che si era invaghito della giovane donna, fino ad esserne ossessionato. Nella sua follia, aveva preparato una busta contenente i suoi versi per dichiararsi alla sventurata che, respingendolo, aveva innescato in lui quella reazione bestiale e aveva pagato con la vita il suo rifiuto.»

La Garbanti confermò. «Parve assolutamente plausibile. Purtroppo il temperamento sentimentale del mio assistito, in qualche modo, finì per avvalorare quella tesi.» In quel momento il suo cellulare squillò.

Lei rispose con tono asettico e professionale. Era dal suo studio che stavano chiamando, ed io compresi che il nostro incontro si avviava alla conclusione.

Ma, nell'immagine d'un uomo che massacra la sua amata tenendo in tasca dei teneri versi d'amore scritti per lei, non venne colta una terribile stonatura? Attesi che terminasse la telefonata con questa domanda sulle labbra.

Capitolo 7

Era il penultimo giorno di aprile.

Il cielo, di un colore azzurro brillante, pareva di smalto, tanto appariva compatto e nitido.

L'aria era tersa e frizzantina. Dalla tarda mattinata, poi, venne addolcita da un gradevole tepore che preannunciava l'arrivo della bella stagione.

Finalmente, eccomi prossima alla partenza.

Il mio misterioso poeta, dal nome anch'esso poetico, lo avrei trovato lontano. Durante l'incontro con Elaide, avevo saputo che dopo la scarcerazione Gabriel si era allontanato dalla città per trasferirsi al nord.

Aveva scelto di stabilirsi in una pittoresca località situata nella provincia di Como.

La mia, sarebbe stata una sortita senza preavviso. Non mi sembrava il caso di tentare un contatto con lui per chiedere d'incontrarci, come avevo invece fatto con la sua legale.

Ero del tutto consapevole del fatto che la mia decisione di piombare all'improvviso nella sua vita potesse mettermi in cattiva luce ai suoi occhi.

Sarei apparsa come una persona a dir poco maleducata ed arrogante. Ma dalla descrizione che di lui mi era stata fatta, e per quello che io sapevo, avevo idea che si trattasse di un uomo di profonda dolcezza d'animo.

Contavo molto sulla sua cortesia. Non che io non avessi rispetto nei suoi confronti. Al contrario, invece, ne avevo moltissimo.

La verità è che temevo un suo rifiuto.

Si era già rifiutato, e con tanta ostinata determinazione, di parlare per tutta la durata del processo che lo aveva visto nei panni dell'imputato. Ugualmente avrebbe potuto, e con altrettanta ostinazione, negarmi ogni possibile tentativo di avvicinamento. Non avrei, del resto, potuto biasimarlo.

Decisi di uscire, approfittando della bella giornata di sole. Una lunga passeggiata avrebbe schiarito le idee. Mi recai, d'istinto, nel parco dove Gabriel si era fatto trovare. Lì, dove amava condurre i suoi passi. Dove si era offerto all'arresto.

Si trattava di un luogo assai bello e suggestivo.

Una grande villa pubblica, che era appartenuta in passato a una dimora patrizia. Come avevano testimoniato in tanti, il misterioso poeta vi trascorreva una buona parte del suo tempo, andando lungo i vialetti ghiaiosi, o sedendo su una panchina di quelle un po' nascoste.

Non proprio sotto gli occhi della gente.

Da molti dettagli traspariva la sua riservatezza dovuta in parte, pensavo, a un senso di pudore che lo spingeva a non mostrarsi agli sguardi in quella condizione disagiata in cui la mano del destino lo aveva crudelmente condotto.

Elaide mi aveva detto che si trattava di una persona molto intelligente e di vasta cultura.

Quella figura, così tragicamente romantica, esercitava su di me un grande fascino.

Chi era, veramente, quell'uomo schivo e silenzioso?

Quale segreto aveva voluto custodire così tenacemente da sacrificare tutto ciò che gli rimaneva, fino a rinunciare alla libertà, passando per violento ed assassino? Per il tipo di uomo che era davvero, doveva essere stato un martirio. In nome di cosa aveva trovato la forza di sopportare tutto?

Desideravo sapere. Io volevo sapere. Era per questo che lo avrei cercato.

Sarei partita appena possibile per raggiungerlo lì, dove aveva scelto di ricominciare a vivere da uomo libero.

Trattandosi di un giorno feriale, il parco non era molto frequentato. Si vedeva, di tanto in tanto, qualcuno con il suo cane o qualche mamma con bambini piccoli.

Mentre scendevo lungo un piccolo sentiero sterrato, che conduceva dalla sommità di una collinetta ad un piccolo specchio d'acqua dove nuotava un gruppetto di anatre, uno scoiattolo all'improvviso scese giù da un albero e mi si parò davanti.

L'animaletto doveva essere abituato alla presenza umana, perché rimase fermo a fissarmi per qualche secondo, prima di saltellare via in tutta tranquillità.

Ne fui deliziata.

Comprendevo come quel luogo potesse essere congeniale ad un'anima dal temperamento meditativo, come quella di Gabriel.

Doveva essere stato un terribile supplizio per lui, abituato a vivere all'aria aperta, trascorrere quei lunghi anni chiuso in uno spazio angusto come quello di una cella.

Mi addolorava immaginarlo prigioniero.

Ero sinceramente e profondamente dispiaciuta per lui; ma tuttavia, egli non m'ispirava pietà. No, non era pietà quello che provavo per lui. Ma un vivo senso di ammirazione.

Lui perseguiva un suo fine.

Era così che aveva detto il suo avvocato.

Quale che fosse, non si era mai saputo. Gabriel non si era tradito. Neppure dopo la scarcerazione, avvenuta ormai da più di otto mesi.

Non una parola era sfuggita a quelle labbra, silenziose e mute alla comune apparenza, quanto forse appassionate nel declamare versi d'amore a una persona infinitamente cara.

Prima di accomiatarsi, al termine del nostro incontro, la Garbanti aveva detto ancora qualcosa. «La tentata rapina, fu classificata come una messinscena di copertura, ed io penso che questo fosse vero. Non da parte di Gabriel, però. Per prima cosa, un uomo tanto capace ed intelligente non avrebbe mai commesso un errore così sciocco come quello di tenere addosso una poesia d'amore firmata di suo pugno se fosse stata veramente indirizzata alla vittima. Inoltre...»

«Avranno pensato che fosse sconvolto per quello che era accaduto», cercai di controbattere.

Lei continuò, preparandosi ad alzarsi. «Ma un uomo, così teneramente innamorato, non metterebbe le mani sulla sua adorata come una bestia feroce, né potrebbe mai farle del male in quel modo.»

Così mi aveva detto. Poi si era alzata e aveva indossato il soprabito sul completo pantaloni blu elettrico, che ben si adattava al suo colorito olivastro.

All'uscita dal locale, si congedò con un sorriso cordiale e la mano amichevolmente tesa.

«Spero di esserti stata utile», disse. Poi, aggrottò la fronte come se stesse ricordando qualcosa. «Sai in che modo ho avuto la certezza che non fosse lui il colpevole? Quale fu la prova assoluta della sua innocenza?»

Quell'improvvisa rivelazione mi colpì la mente come una luce violenta dopo il buio assoluto.

«Quale prova? Dov'era?» Le risposi quasi balbettando.

Lei mi si avvicinò e disse adagio, come temendo che non comprendessi bene le sue parole:

«Era sotto gli occhi di tutti. Nella poesia, lì era la prova.»

Ebbe una breve esitazione, e poi continuò. «Le sue parole lo scagionavano, non potevano esservi dubbi. Ma può, il contenuto di una poesia, essere considerato una prova? Si ritenne di no.» Si fermò, con un sospiro profondo. Poco dopo proseguì, con voce commossa:
«*Quello che il cuore vede, a volte è invisibile alla mente.*
Così mi disse Gabriel, e non aggiunse altro in proposito.»
Non aggiunse altro neanche lei. Mi salutò, invece, con una bella stretta di mano. Era energica e sincera, proprio come lei. Io la ringraziai, era stata davvero preziosa.

Davvero preziosa.

Particolarmente, forse, in quelle ultime battute.

La chiave del mistero poteva davvero essere nascosta nei versi di una poesia?

Cosa mai vi si poteva celare, di tanto importante?

Se lui l'avesse scritta 'veramente' per la vittima, aveva detto la Garbanti… Dunque non credeva che fosse per la donna uccisa. E allora per chi?

Io avevo la mia ipotesi. Chissà se davvero avrei avuto la possibilità di porre questa domanda a colui che, soltanto, conosceva la risposta.

Anzi, no. Non lui soltanto.

Doveva esistere, per forza, qualcun altro a conoscenza della verità. Quella persona a cui la poesia era destinata, davvero.

Gabriel, stando a ciò che avevo saputo, l'aveva firmata di suo pugno. Forse, ed io pensavo che fosse probabile, non era l'unica.

Una corrispondenza d'amore, di questo si trattava? In tal caso, doveva esprimere sentimenti molto profondi.

Elaide aveva detto che, in quelle parole, vi era la prova della sua innocenza.

Se soltanto Gabriel avesse provato a spiegarne il senso, chissà, forse avrebbe avuto una possibilità di salvezza. Mi trovai ad immaginarlo, nella quiete di quel vasto giardino, con addosso un vecchio impermeabile tutto imbrattato e i suoi versi delicati tenuti accanto al cuore. Le mani, ancora sporche di sangue, e il suo pensiero lontano. Cosa, o chi, vedevano i suoi occhi perduti nel cielo?

Intorno al laghetto alcuni bambini, i più piccoli in braccio alla mamma, si stavano divertendo a guardare una fila di anatroccoli che nuotavano disciplinati seguendo la madre. Risalii verso il viale principale che con i suoi grandi alberi accompagnava fino all'uscita. Lasciato il parco, mi ritrovai in una zona molto elegante attraversata da vie signorili che si intersecavano silenziose.

Mi fermai non molto distante, presso una strada larga ed alberata sulla quale si affacciavano edifici prestigiosi. Era in uno di questi, che si trovava lo studio legale presso il quale la vittima aveva lavorato come segretaria.

Cercai l'indirizzo e, quando poco dopo lo raggiunsi, di nuovo il mio pensiero andò a Gabriel.

Era facile comprendere come, in un ambiente selezionato ed esclusivo come quello che si celava dietro le mura che stavo ammirando, la figura di un barbone potesse aver colpito l'attenzione dei residenti. Perché, al di là di chi fosse Gabriel realmente, era certo così che all'evidenza degli sguardi egli doveva apparire. Una nota terribilmente stonata, in quell'apparente perfetta armonia.

Essere stato riconosciuto come un assiduo frequentatore del parco aveva ulteriormente aggravato la sua posizione.

In tanti poi avevano anche dichiarato di averlo visto molte volte proprio in quella via.

Gironzolava attorno, e spesso si fermava lì ad osservare, esattamente nei pressi del raffinato villino in stile liberty, dove la signorina Mirandes si recava al lavoro. Il rinomato Studio dell'avvocato Del Brasco.

Ovvero colui che avrebbe, un giorno, confessato di essere il vero colpevole.

Capitolo 8

Alcuni giorni dopo la mia visita al parco, presi il treno per Milano di buon'ora. Nel capoluogo lombardo, avrei poi effettuato il cambio con l'altra linea che mi avrebbe condotta fino a Como. E giunta lì, avrei dovuto infine compiere l'ultimo tragitto con un pullman della rete locale.

Ero partita con un cielo grigio che non lasciava presagire alcunché di buono e, man mano che procedevo nel mio viaggio, attraverso il vetro del finestrino, delle pesanti nubi scure sembravano venirmi incontro minacciose. Avevo la sensazione che si dovesse rovesciare un violento temporale da un momento all'altro.

Il treno andava avanti veloce, forse anche troppo per il mio stato d'animo. Da un certo punto di vista, ero piuttosto impaziente di giungere a destinazione in modo da iniziare la mia ricerca al più presto. Non vedevo l'ora di incontrare quell'uomo che in qualche modo ormai rappresentava una parte di me.

Nella sua storia io vedevo qualcosa. Qualcosa che sentivo essere di grande importanza, anche per la mia vita. Forse, era proprio per questo che dentro di me si agitava un forte senso d'incertezza; avevo il timore di restare delusa.

Se non fossi riuscita nel mio intento e non avessi trovato quelle risposte che cercavo? In fondo, non ero nemmeno sicura di poter trovare lui. Era un'eventualità che preferivo non prendere in considerazione, ma poteva benissimo aver deciso di ritornare nella sua terra d'origine, in Sudamerica.

Nel caso in cui lo avessi raggiunto, e fossi invece riuscita a mettermi in contatto con lui, avrei potuto anche trovare un uomo completamente diverso rispetto all'immagine che avevo in mente. E, in definitiva, che cosa mi aspettavo di trovare?

Non sarebbe stato, in ogni caso, nel suo pieno diritto se mi avesse negato qualsiasi segno di attenzione? Dopo tutto quello che aveva dovuto sopportare l'avrei considerata una reazione più che legittima.

Quando avevo raggiunto la stazione, nel primo mattino, ero rimasta profondamente colpita dalla presenza di quanti là vi trascorrevano la notte, non avendo altro luogo dove ripararsi.

Quei fagotti informi, ammucchiati nel silenzio della loro povertà, erano persone. Ognuno, con la sua disperazione e la sua speranza. Ciascuno con la sua storia, come Gabriel. Mi ero chiesta quante volte anche lui aveva dovuto cercare un riparo per dormire.

E non potei, a quel punto, fare a meno di riflettere sulla figura dell'uomo che gli aveva restituito dopo tanto tempo la libertà, confessando la propria colpevolezza.

Era un uomo potente, l'avvocato Del Brasco. Un uomo talmente noto e importante, da apparire insospettabile. Al contrario, il poeta vagabondo era parso come predestinato a commettere qualche cosa di irreparabile, quasi che la sua esistenza sfortunata avesse potuto segnargli l'anima con un marchio indelebile di colpevolezza.

Nella mia mente, potevo vedere entrambi i protagonisti di quella storia, dai contorni ancora oscuri e confusi, come se li avessi davanti ai miei occhi. Si trattava di due uomini completamente differenti l'uno dall'altro. Come il giorno dalla notte.

Due esistenze diametralmente opposte; ciascuna di esse, incomunicabile con l'altra. Ma si sa che nella vita a volte gli opposti si toccano, proprio come il giorno e la notte che sono sempre contigui. Così, i due uomini in quella storia erano come le due facce di una stessa medaglia. Solo che l'innocente si era reso colpevole, facendosi complice della menzogna dell'altro.

Quello che dalla vita aveva avuto tutto. Ma perché?

La risposta forse si celava tra le righe di una poesia, come aveva detto Elaide Garbanti, ed erano in grado di leggerla in due soltanto. Io andavo in cerca dell'autore, e chissà se avrei saputo qualcosa di più anche sulla persona a cui era destinata.

Un mistero, era racchiuso nei versi che una mano aveva scritto per amore, e nelle parole che li precedevano. Così mi aveva sussurrato la donna che aveva difeso Gabriel con tutte le sue forze. Lei che aveva sempre creduto nella sua innocenza.

Le parole che li precedevano. Una dedica?

I pensieri correvano veloci, come le nuvole nel cielo. Poi, come le nuvole, restavano dietro.

Si andavano rasserenando, il cielo e la mia mente, mentre la destinazione si approssimava.

L'immagine che avevo di Milano era sempre stata quella di un luogo grigio e nebbioso per antonomasia, e questo a prescindere dalle variazioni stagionali. Dovetti ricredermi, poiché trovai un cielo limpido e soleggiato, a dispetto del tempaccio che mi ero lasciata alle spalle. Fra un treno e l'altro, intercorreva un lasso di tempo più che sufficiente perché potessi concedermi una breve passeggiata in cerca di un buon caffè.

Per fortuna, avevo portato con me solamente lo stretto necessario, stipato dentro il mio piccolo trolley di colore rosso scuro. Ero quindi in grado di spostarmi facilmente e non esitai ad allontanarmi dalla stazione, invece di restare tutto il tempo lì ad aspettare.

Sarebbe stato piacevole fare quattro passi con quella bella giornata, avrei potuto cercare un posto carino per prendere il caffè e mangiare qualcosa. Erano ormai le dieci passate, e lo stomaco cominciava a protestare. Uscita dalla grande stazione, trovai ad accogliermi un'atmosfera radiosa. Le nuvole e la pioggia diventarono all'istante solo un ricordo lontano.

Nell'azzurro del cielo, il sole era splendente come se già la primavera volgesse al suo termine. "Di buon auspicio", pensai.

Mi fermai per togliere il giubbotto, che iniziava a darmi fastidio. Con la camicetta si stava benissimo. Avevo fatto bene a partire, riflettei, qualunque esito avesse avuto il mio viaggio. Forse quel soggiorno si sarebbe rivelato piacevole più del previsto.

Mi ero ripromessa, una volta arrivata a Como, di provare a contattare Don Silvestro, l'anziano parroco del paesino dove Gabriel si era trasferito dopo la scarcerazione. Avevo ottenuto queste informazioni dalla Garbanti soltanto dopo molte e insistenti preghiere. Per correttezza professionale, Elaide non avrebbe voluto fornirmi altri dettagli in merito, ed era stato tutt'altro che semplice farla recedere dalle sue posizioni.

Ero, infine, riuscita a convincerla dicendole che in fondo se lui non le aveva esplicitamente chiesto di mantenere il segreto, non poteva esserci nulla di male nel dirlo a me.

L'avevo, inoltre, invitata a tenere in considerazione che non avevo alcuna intenzione di arrecare molestia a Gabriel e che il mio interesse verso di lui era del tutto amichevole.

Dopo tutto, avevo considerato, averle lasciato detto dove si sarebbe recato a vivere, poteva significare soltanto che non aveva intenzione di sparire.

Perché in quel caso avrebbe senz'altro taciuto, facendo perdere le sue tracce.

Infine l'avevo convinta. Perché sparire, poi?

Ormai era un uomo libero, ragionammo insieme. Era, in definitiva, soltanto un innocente che aveva pagato per una colpa non sua. Ora, era stato completamente riabilitato ed aveva una vita completamente diversa da quella di prima. Migliore, senza dubbio.

Scriveva, ed era un poeta piuttosto apprezzato. Alcuni dei suoi lavori erano già stati pubblicati, ed io li avevo letti. Amavo le sue poesie, molti di quei versi erano impressi nel mio cuore. Li sentivo vivi, come se lui li avesse scritti per parlare con qualcuno, con l'intenzione che continuassero a parlare per sempre.

Era come se stesse via via scrivendo un'unica, continua, lettera d'amore destinata a far vivere il proprio sentimento in eterno.

Che lui scrivesse poesie già da prima, cioè all'epoca del delitto, non lo avevo saputo. Non ne avevo trovato cenno durante le mie, pur minuziose, ricerche. Quello sui giornali non era riportato.

Per quella stessa ragione non ero stata al corrente, fino al mio incontro con la Garbanti, della sua decisione di rifarsi una vita nel nord dell'Italia. E ammetto che, il saperlo, mi sorprese non poco. Per lui, che era sudamericano, appariva una scelta piuttosto curiosa.

Tanto più che, a quanto si sapeva di lui, egli non aveva mai avuto la minima familiarità con quei luoghi.

Aveva origini italiane, da parte materna, ma i suoi nonni provenivano da un'altra parte. Una città dell'Italia centrale affacciata sul mare. Nulla a che fare, con il lago di Como.

Decisi che, se ne avessi avuto l'opportunità, glielo avrei chiesto senz'altro, come mai avesse deciso di vivere in un borgo della provincia lombarda.

Capitolo 9

Avevo scritto, prima della mia partenza, a Don Silvestro per chiedere notizie riguardo a Gabriel, considerando che in quel piccolo paese l'arrivo del poeta doveva certamente aver destato l'interesse delle anime, non numerose, che già vi risiedevano.

Ebbi fortuna; il parroco mi rispose con grande gentilezza, fornendomi i suoi contatti telefonici. Preferiva parlarne a voce. Comprendevo perché; voleva prima sincerarsi circa le mie reali intenzioni. Apprezzai quel suo scrupolo.

Non esitai a telefonargli, e a confidarmi. Gli dissi di me e del motivo che mi spingeva in quella ricerca. Quando ebbe la certezza che non avrei utilizzato le sue informazioni per un articolo di giornale o altro di simile, accettò di parlarmi volentieri.

Mi disse che Gabriel viveva nella casa di una sua anziana parente e che, quando non era impegnato con la scrittura, lavorava in parrocchia. Dava lezioni gratuite ai bambini ed ai ragazzi che ne avevano bisogno. Era un uomo colto e beneducato, di animo buono e gentile.

Don Silvestro lo aveva descritto così, con le stesse parole che avevo ascoltato dalla Garbanti.

Finalmente ero prossima alla mia destinazione.

Tutto ciò che avevo saputo di Gabriel e le cose che di lui avevo pensato andavano insieme, in un unico flusso. Come tante tessere di un unico mosaico che io non ero ancora in grado di comporre. Le avevo intorno a me, sparse.

Guardavo ammirata l'incantevole paesaggio che si apriva davanti ai miei occhi e cominciavo a comprendere quanto quel luogo, tanto romantico e selvaggio al tempo stesso, si adattasse bene al temperamento di Gabriel. Erano simili.

Da Don Silvestro avevo saputo, tra le altre cose, come il mio poeta avesse anche il pollice verde. Amava prendersi cura del piccolo giardino che era accanto alla canonica.

Prima del suo arrivo, era solamente una piccola striscia di terreno con qualche vaso di gerani. Adesso, grazie alla sua solerzia, era diventato bellissimo. Un vero trionfo di fiori e di colori.

Continuava a scrivere poesie. Stava ancora parlando con qualcuno?

Il giorno seguente a quello del mio arrivo, a dispetto dei buoni propositi della sera precedente, mi svegliai tardi. Era mattino inoltrato.

In quel luogo di pace non vi erano rumori molesti, e non c'era traffico. Niente che potesse intervenire a disturbare il mio riposo. Soltanto il cinguettare gioioso degli uccellini, che svolazzavano da un ramo all'altro degli alberi. Questi, con le loro chiome fiorite, attorniavano la piccola pensione come un vaporoso abbraccio.

Ero ospite in un grazioso villino riadattato ad hotel.

Per mia fortuna, si trattava di una attività a conduzione familiare ed i gestori, una giovane coppia con due bambini piccoli, erano gentili e alla mano. Potei così consumare la colazione in tutta tranquillità, nonostante fossero quasi le undici. La moglie del proprietario mi accompagnò alla sala al pianterreno dove venivano serviti i pasti, e m'invitò ad accomodarmi a un tavolino accanto alla grande vetrata che si apriva sul giardino.

Poco dopo, mi servì sorridendo del caffè e un bricco di latte caldo, insieme ad alcune autentiche delizie preparate con le sue mani. Non mi feci pregare, quando raccomandò di gustare tutto con calma. Dopo due fette dell'ottima torta di mele, incominciai a far mente locale sul da farsi.

Ero molto emozionata.

Avrei avuto la possibilità d'incontrare Gabriel il giorno seguente.

La sua immediata disponibilità era stata una vera sorpresa per me. Forse per la sua tormentata storia personale, o per quell'alone romantico che circondava la sua figura, io gli avevo attribuito una notevole dose di scontrosità. La mia impressione era dovuta, in massima parte, al suo ostinato silenzio durante il processo.

Cosa sapevo, in fondo, di lui?

Che era un uomo di qualità notevoli, e che per un periodo aveva vissuto ai margini della società. Qualcuno che era tenace custode di un segreto. Un romantico solitario, fuori dal coro delle normali esistenze. Chiunque fosse, Gabriel a me piaceva. Nutrivo una grande simpatia per lui.

Durante il viaggio, ci avevo pensato quasi di continuo: cosa mi spingeva, davvero, a cercare quell'uomo? La sua vicenda umana mi aveva commossa nel profondo; era una vittima della storia. Uno dei tanti, innumerevoli, profughi in esilio forzato, lontano da tutto ciò che avevano avuto di più caro.

Lontano dalla patria, lontano dalla propria vita. In quanti, avevano conosciuto lo stesso amaro destino a causa di una guerra civile, per motivi politici o per qualsiasi altro tipo di discriminazione. Quante persone, in tanti posti del mondo, avevano patito la sua stessa sorte.

E a quanti, sarebbe ancora toccato.

Gabriel poi, come tanti di questi, non aveva avuto alcuna responsabilità. Lui non si era mai interessato di politica.

Avevo infatti saputo da Elaide, che tutto era accaduto per via della sua unica, amatissima sorella, e del fidanzato di lei. Furono accusati di essere degli oppositori del regime che si era instaurato nel loro paese in quegli anni.

Anni che erano ormai lontani, ma che avevano segnato di un'indelebile tragedia tante, troppe vite. Vite smarrite, vite che cercavano ancora di conoscere la sorte dei propri cari.

Gabriel incarnava, in un certo senso, entrambe le facce di quella medaglia. Era uno dei tanti 'scomparsi', ed uno che ancora stava cercando. Lui avrebbe continuato per sempre a cercare la verità.

Che sua sorella avesse aderito ad attività clandestine, lui non lo aveva mai saputo. Non fosse stato per quel tragico precipitare degli eventi, il tranquillo professore innamorato dell'arte avrebbe proseguito lo scorrere monotono e sereno della propria esistenza, dall'altra parte del mondo.

Ma il destino aveva deciso per lui diversamente. E, come sempre accade a causa delle repentine ondate della storia, la linearità del suo percorso si era distorta.

Lui era diventato un altro, ritrovandosi come un naufrago sperduto nell'oceano degli eventi.

Dante Gabriel era di buona estrazione sociale, nato in una famiglia benestante della media borghesia che aveva la sua residenza in uno dei più antichi e ricchi palazzi del centro città, e godeva delle rendite di alcune proprietà terriere.

Sia Gabriel che sua sorella, si erano dedicati allo studio e alla pratica delle arti dalla più tenera età. Ma, a differenza di Isabel, che seguendo l'inclinazione materna suonava il pianoforte perfettamente, lui invece, non era molto portato per la musica.

Certo non avrebbe mai potuto immaginare, quando erano piccoli e si nascondevano, per far disperare la madre e la governante, che correvano di qua e di là come impazzite richiamando i fanciulli con voce sempre più minacciosa, che un giorno la sua adorata sorellina sarebbe scomparsa davvero.

Svanita d'un tratto.

Insieme al suo Francisco, un bel ragazzo bruno dal fisico atletico e dal carattere chiaro e deciso. Isabel e Francisco si erano conosciuti all'Università, e si erano piaciuti subito. Giovani e belli, se ne andavano in giro stretti abbracciati sulla moto di lui e non avevano paura di niente.

Gabriel li amava entrambi. Francisco era il fratello che aveva sempre desiderato, con quella impulsività e quella fame continua di vita che si completava perfettamente con la propria indole così riservata e meditativa. Francisco non era il tipo che restava a guardare.

Si batteva per i suoi ideali. Lui non si affidava alla fede, credeva nella giustizia fatta dagli uomini. Nonostante le differenti vedute sulla religione, Gabriel lo ammirava e lo rispettava moltissimo, per quel suo spirito di libertà, e mai avrebbe immaginato che proprio a causa di ciò sarebbe un giorno sparito nel nulla insieme alla donna che lo amava. La sua adorata Isabel.

Erano andati in cerca della verità, riguardo la sparizione di altre persone, ma non erano tornati.

Dante Gabriel non era a conoscenza di nulla.

Avevano deciso così per proteggerlo; perché almeno lui, in caso di pericolo, si potesse salvare.

Lui li aveva aspettati preoccupato, ma ancora incredulo.

Aveva sentito parlare degli scomparsi, persone arrestate in segreto senza testimoni, perché avevano praticato attività antigovernative, o per motivi politici.

Ma Francisco e Isabel non avevano mai fatto politica, che lui sapesse.

Aveva atteso per alcuni, lunghissimi giorni.

Fino a che, una sera, vide arrivare a casa un suo collega, con fare circospetto e furtivo. Aveva il volto pallidissimo. Dov'erano i due giovani, lui lo sapeva. Erano stati portati in una vecchia cava che non era più in uso da molti anni, e di lì non avrebbero potuto mai più fare ritorno. Da lì non tornava nessuno.

Ma non c'era tempo per spiegare. Occorreva fare presto; altrimenti adesso sarebbe toccato a lui, come al fratello di Francisco. Come a tanti altri.

Doveva prendere le poche cose strettamente necessarie, e andare via. Prima che fosse troppo tardi.

Sarebbero venuti per lui quella notte.

Capitolo 10

A Distanza

Se potessi vederti
a distanza.

Se in forma
di promessa
ricevessi
con certezza
questa
rassicurazione
e potessi ottenere
ciò che più
mi sta a cuore:
tutto il tuo bene,
rinuncerei
a cercarti.

Se tutto
il mio dolore
diventasse
la tua gioia
persino il pianto
tramuterei
in rugiada
piccole gocce
splendenti
deposte su corolle
di fiori profumati
nel tuo giardino.

Tu le vedresti
brillare
nell'aria fresca
dell'alba
se potessi vederti
a distanza.

Se ottenessi
per te
tutto il bene
più grande
potrei anche
rinunciare
accetterei
di soffrire
perché continuerei
a sentire
il cuore tuo
nel petto
che batte
insieme al mio.

Benedirei
la mia tristezza
se ne avessi
per te
ogni felicità
se ad ogni giorno
di nostalgia
si realizzasse
un tuo sogno
me ne farei
una ragione
di quanto mi manchi.

Ed ogni sera
io pregherei
con tutto il fiato
che ho in corpo
sorriderei
al mio risveglio
per ogni tuo ricordo
se potessi avere
per te
tutto il bene del mondo.

Qualcosa in meno
non la potrei
accettare
perché io possa
rinunciare
all'infinita felicità
che solo tu
mi puoi dare
quando sei
insieme a me
tu che sei
la mia vita.

Eppure sparirei
se ottenessi per te
qualsiasi cosa
tu vuoi
mi basterebbe
guardarti a distanza
vorrei vedere
soltanto
se tu mi cerchi.

Ogni tanto.

In silenzio, una lacrima scendeva furtiva sul mio viso. Io, prontamente, l'asciugai con il dorso della mano perché non scivolasse sul foglio un po' ingiallito che tenevo, con cura, tra le mani. Me l'aveva dato Gabriel in persona in quella lontana primavera quando, sulle rive incantevoli del Lario, ci eravamo incontrati e riconosciuti come amici.

Era il testo della poesia della quale, una volta, mi aveva parlato il suo avvocato di un tempo. La chiave del mistero, la prova inoppugnabile della sua dolcezza d'animo e della purezza assoluta del suo amore.

Quello stesso dolcissimo amore per cui si era condannato. Un amore così grande, per il quale nessun prezzo sarebbe stato troppo alto. Non per Gabriel.

Quell'uomo aveva un posto speciale nel mio cuore; molto più di quanto avrei mai pensato. Fare la sua conoscenza fu, per me, qualcosa di straordinario. Un'esperienza preziosa, di quelle che cambiano la prospettiva della vita. In seguito, nulla mi sarebbe apparso più come prima. La poesia delle sue parole era divenuta una parte di me.

Era come se avessi acquisito una seconda vista. Essa mi consentiva un altro piano di osservazione di tutte le cose.

Anche lui aveva conosciuto il cambiamento, ma non era stato tanto fortunato. Aveva dovuto attraversare il dolore. Se il suo cammino non fosse stato tragicamente deviato, io non avrei mai saputo nulla di lui.

Forse tutto era già scritto, fin dall'inizio.

La poesia era, come la Garbanti aveva supposto, parte di una missiva. Si trattava di una lettera d'amore, che non era stata scritta per la vittima dell'aggressione, ma per un'altra persona. Lo si sarebbe potuto dedurre fin dalle primissime parole, se solo Gabriel avesse voluto collaborare a salvarsi.

Ciò che era scritto in quel foglio, costituiva la chiave di tutto, come già Elaide aveva a suo tempo intuito. La compianta signorina Mirandes aveva gli occhi marroni. Le prime parole, tracciate dalla mano del mio poeta, erano per una dedica posta ad introdurre i suoi versi e le altre frasi innamorate che il sentimento gli aveva dettato:

Se i tuoi occhi color del mare leggeranno queste parole, il mio desiderio si sarà realizzato.
Io ho scritto questo. Volevo dire, ti amo più della mia vita.

Chi possedeva il suo cuore, e lo ispirava, aveva gli occhi di colore azzurro.

Capitolo 11

Anche quella mattina, come la precedente, venni accolta al mio risveglio non dai rumori congestionati del traffico cittadino, ma da un cinguettare melodioso.

Non era tardi, le otto passate da poco.

La notte mi aveva fatto dono di una lunga e rigenerante dormita, a dispetto del turbinare di emozioni che mi aveva occupato i pensieri l'intero pomeriggio e tutta la sera.

Proprio per quello, probabilmente, alla fine ero crollata.

Mi preparai con cura alla giornata che stava iniziando, e la colazione stavolta fu piuttosto rapida. Avevo dell'altro, in mente.

Giunsi al cancello della casetta dove viveva il poeta verso le nove. L'uomo era in giardino, concentrato ad accudire un rigoglioso cespuglio di rose bianche. Ve ne erano molte altre, di rose, nel piccolo giardino e tutte le piante erano cariche di fiori e teneri boccioli dal dolce profumo.

Attesi per qualche istante, prima di avvicinarmi. Restai lì ferma in silenzio ad osservarlo proprio all'entrata della sua dimora. Ero sul punto, lo sentivo, di attraversare la soglia di un mondo differente da quello che io avevo conosciuto sino ad allora. Il mondo di Gabriel.

Avanzai, adagio. Gabriel aveva un bel profilo, sembrava quello di una statua antica. E come un eroe d'altri tempi, che aveva conosciuto il peso della sconfitta senza tuttavia arrendersi un solo istante, egli irradiava dalla sua persona un senso di serena e composta dignità.

Ero arrivata a metà circa del vialetto che conduceva alla casa, quando il rumore dei miei passi sulla ghiaia richiamò la sua attenzione. Si rialzò, voltandosi verso di me, e mi rivolse un cenno di saluto alzando la mano.

Senza il minimo indugio, mi venne incontro sorridendo, come se ci fossimo già conosciuti in chissà quante vite.

Mi invitò ad accomodarmi nella casa, piccola e linda, per dividere con lui il caffè appena fatto, insieme a dei grossi biscotti che, mi confessò, gli venivano regolarmente forniti dalla perpetua di Don Silvestro.

Erano la ricompensa per alcuni lavoretti svolti presso la canonica, quando ce n'era bisogno. Non solo biscotti; ma anche formaggio, uova. Qualche marmellata.

E spesso mangiava insieme a loro, il buon Don Silvestro e la cara perpetua Caterina. Lui era a disposizione, cercando di rendersi utile come meglio gli riusciva, e i due anziani lo ricambiavano con generosità e con affetto.

«Ricevo molto da loro» mi disse, «e non parlo soltanto di cibo. Il calore umano, l'interessamento. Capisci cos'è, che voglio dire?»,

Notai che mi dava del tu, e ne fui felice. Io mi spingo a dare del tu a qualcuno, senza indugi, solo se la persona mi piace per davvero, ed ero certa che anche Gabriel fosse un selettivo, come me.

«Sì, comprendo perfettamente», gli risposi. «Anche io mi interesso a te. Davvero. Devi credermi.»

«Ah lo so, per questo ho accettato di parlarti. Non lo avrei fatto per nessun altro motivo.» Mi fissò dritto negli occhi.

Vidi che era ancora un bell'uomo, con il fisico asciutto e forte al tempo stesso. Aveva ormai più di sessant'anni, ma non li dimostrava.

Lo sguardo, intenso e scuro come la notte, e il bel sorriso gli davano un'aria molto giovanile.

Ed anche per la spontaneità che aveva nelle movenze e in ogni espressione del suo volto, sembrava un ragazzo con i capelli d'argento. Si esprimeva in un italiano perfetto e con grande proprietà di linguaggio.

Solo un leggero accento, che caratterizzava la bella voce calda e profonda, rivelava la provenienza dal Sudamerica. Da quanti anni fosse in Italia, fu proprio la prima cosa che gli chiesi.

Non mi rispose subito. Portò invece le mani al viso. Non so dire se fu per raccogliere i ricordi, o per ripararsi dalle alte onde del passato che sarebbero riemerse di lì a poco in tutta la loro potenza.

Passarono alcuni istanti, che mi sembrarono interminabili nel silenzio, poi iniziò il suo racconto.

«Quando arrivai non avevo ancora quarant'anni, eppure mi sentivo così vecchio, allora. Avevo perduto tutto. Ma soprattutto, come avrei compreso più tardi, ero io stesso ad essermi perso.

La storia m'aveva travolto nel suo corso con una violenza inaudita. Come un fiume in piena che trascini senza alcuna pietà tutto ciò si trovi sul suo percorso impazzito.

E in quella piena di tragici eventi, d'angoscia e sofferenza troppo pesanti per essere sopportate; in quella piena, io mi ero smarrito.»

Guardava nella mia direzione, Gabriel, ma il suo sguardo mi passava attraverso come fossi diventata trasparente. I suoi occhi stavano guardando oltre, verso un tempo ed uno spazio dove regnava il dolore.

«Avevo portato in salvo il corpo, come un sopravvissuto alla tempesta che, aggrappatosi disperatamente ad un legno in balìa delle onde, si ritrovi privo di sensi ma ancora vivo. Gettato però sulla riva di un mondo a lui del tutto estraneo e sconosciuto.

In quella condizione sono giunto in questo Paese, che fu la patria dei miei nonni materni, senza poter sapere allora quanto l'avrei amata, questa terra.»

«Dici davvero, con tutto quello che hai passato?» Le sue parole mi avevano sorpresa.

«Il legno, al quale mi ero tenuto stretto, era la memoria dei miei cari. Tutto ciò che mi rimaneva. L'unica cosa, che potesse provarmi d'essere stato veramente qualcuno. Di avere avuto una vita, prima di diventare un fantasma. Perché vedi, io ormai ero solo quello; un fantasma vivente, il mio spettro in carne ed ossa. Riesci a comprendere, cosa si possa provare? Io credo di no, ed è bene così.»

«Se anche sei stato un fantasma, adesso non lo sei più. Io vedo, davanti a me, una persona straordinaria. Ho letto le tue poesie. Sono molto belle, mi piacciono.» Vidi l'ombra di un sorriso passargli veloce sulle labbra.

«Anche tu, piaci a me.» Mi sfiorò i capelli con una lieve carezza, poi proseguì.

«Ero il contenitore ammaccato di un'anima in pena; avrei rivoluto indietro la mia esistenza e mi aggiravo senza pace in una nuova dimensione. Un limbo privo di emozioni e di ogni significato. Nulla, mi era più familiare.»

Lacrime d'angoscia velarono il suo sguardo.

Si alzò di scatto per versarsi dell'altro caffè, come per sfuggire con un balzo alla trappola dei ricordi dolorosi. Mi chiese se ne desiderassi anch'io; accettai. Lo consumammo insieme ad una bella fetta di ciambellone, anche questo preparato da Caterina, che ci dividemmo da amici.

«Tu ora vorresti sapere chi sono, o forse meglio dire chi ero... Non è così?»

Feci di sì con la testa.

«Nel mio Paese, io insegnavo all'Università. Mi trovavo lì quando fui avvertito che mia sorella era stata presa. Io non ci volevo credere, non potevo. Non era rientrata la sera avanti, questo era vero; ma non era la prima volta. Capitava, ogni tanto, da quando si era fidanzata. Io non le avevo chiesto mai spiegazioni, non era più una bambina. No, io non potevo credere una simile assurdità. Fino a quel momento la mia vita era stata tranquilla; molti l'avrebbero definita persino monotona.

Studiare mi era sempre piaciuto, e amavo dedicare tutto il tempo libero alle altre due mie passioni. Ovvero, scrivere e dipingere.»

«Davvero?» Gabriel non smetteva di sorprendermi. Mi resi conto, però, di avere interrotto il suo racconto.

«Scusa, sono entrambe cose bellissime» mi giustificai.

«Diciamo che cercavo di portare con onore il mio illustre nome. Fu mio padre a volermi chiamare così, come Dante Gabriel Rossetti, un artista che lui adorava.»

«Anche tuo padre era un artista?» domandai incuriosita.

«No, no. Mio padre era medico; ma un uomo coltissimo, con numerosi interessi. Amava moltissimo l'Arte, in tutte le declinazioni. Si era innamorato di mia madre vedendola ad un concerto di musica classica, mentre suonava Mozart al pianoforte. Era tuttavia anche uno sportivo, e praticava diverse discipline.

"Mens sana in corpore sano", lo ripeteva sempre. Si preoccupava molto per me, credo che fosse a causa della mia scarsa vivacità. Al contrario di mia sorella Isabel, io non sono mai stato un tipo avventuroso.

Preferivo restare in casa chino su qualche libro, piuttosto che correre ed arrampicarmi sugli alberi come piaceva fare a lei. Sentivo che lui le chiedeva di chiamarmi, affinché andassi in giardino e trascorressi più tempo all'aria aperta. Per questo, poi, decise di regalarmi degli acquerelli e tutto l'occorrente per dipingere. Avrei potuto farlo, stando alla luce del sole.

La mia natura meditativa, spiegò, avrebbe trovato grande soddisfazione nel riprodurre quello che vedevo, attraverso il filtro delle mie emozioni.»

«Ed aveva ragione? Funzionò?» chiesi incuriosita.

Gabriel mi guardò sorridendo: «Te lo dirò domani.»

Capitolo 12

Ero rimasta quasi male, per la brusca conclusione di quel primo incontro. Poi Gabriel accompagnandomi al cancello mi spiegò con dolcezza di essere dispiaciuto anche lui, ma doveva onorare un precedente impegno.

In paese vivevano due anziani coniugi, il cui unico figlio era partito, anni prima, per andare a lavorare presso la sede di una grande Società italiana in Sudamerica. Purtroppo, qualche tempo dopo l'arrivo di Gabriel, avevano ricevuto una terribile notizia. Il loro figliolo era improvvisamente venuto a mancare, lasciando la moglie con un bambino in tenera età.

La moglie, che era sudamericana, parlava poco l'italiano; così, Gabriel si prestava a fare da interprete tra gli anziani e la nuora, perché potessero mantenere i contatti. Inoltre, traduceva simultaneamente quello che i nonni e il nipotino si dicevano al telefono, per la gioia di tutti.

Nel pomeriggio poi, avrebbe tenuto come ogni mercoledì la consueta lezione di pittura in Parrocchia. Ma, se volevo, potevamo incontrarci per cena.

Naturalmente accettai.

Speravo che potesse riprendere il suo racconto dal punto in cui lo aveva interrotto. Ma sotto questo aspetto, restai delusa, perché Gabriel quella sera non era solo. Trovai ad attendermi anche il parroco e la perpetua, una vecchietta energica che lo riprendeva in continuazione come se fosse un bambino.

Avevano entrambi un cuore d'oro e un carattere spiritoso e schietto. Mi piacquero moltissimo per la loro semplicità, e la serata trascorse lieta e serena mentre consumavamo tutte le delizie preparate da Caterina per quell'occasione.

Davanti al fuoco del caminetto, acceso per tenere lontani l'umidità e il fresco della sera, mi sentivo a mio agio in un modo che forse non avevo mai conosciuto.

Era strano, pensavo, che mi sentissi tanto bene in mezzo a quelle persone che in fondo non conoscevo affatto.

Ma vi era, tra di loro, un legame così forte di assistenza e d'affetto, l'uno verso ciascuno degli altri, che si irradiava intorno come un'aura benefica. Ripensandovi adesso, dopo anni trascorsi, posso dire con certezza di cosa si trattasse.

In quella stanza semplice e senza tante comodità, regnava la pace assoluta.

Chiacchierammo e scherzammo, tra una portata e l'altra, fino a notte inoltrata.

Don Silvestro si era addormentato sulla poltrona davanti al fuoco ed anche l'anziana Caterina era al limite della sua resistenza.

Gabriel trasportò con delicatezza il parroco sul suo letto, e fece segno a Caterina di accomodarsi in una cameretta, occupata in gran parte da una branda. Era la stanza degli ospiti, mi spiegò.

Ed io compresi come non fosse la prima volta, che i due simpatici vecchietti si fermassero lì a dormire.

Lui si sarebbe adattato sul vecchio divano che era nella stanza principale. Quella in cui avevamo mangiato, e che fungeva da ambiente soggiorno, cucina e tinello allo stesso tempo.

Dopo che Caterina si fu ritirata augurando la buona notte, uscimmo insieme. Mi accompagnò fino all'hotel e, lungo il tragitto, ci fermammo per ammirare il cielo illuminato di stelle in quella notte di maggio, come se ci conoscessimo da sempre. Infine, si congedò dandomi appuntamento per la mattina seguente.

Era davvero un brav'uomo, Gabriel. Mi aveva detto che si sarebbe fatto perdonare facendomi una sorpresa.

Per questo, e per la splendida giornata di primavera che si stava illuminando alla luce tersa di un cielo senza nuvole, mentre andavo per la seconda volta verso casa sua, il mio umore era sereno come l'azzurro che vedevo all'orizzonte.

Anche stavolta, come il giorno innanzi, era in giardino a prendersi cura delle sue rose. Mi vide arrivare, e dopo avermi salutata agitando il braccio destro in un amichevole cenno di benvenuto, si diresse con passo veloce ad aprire il cancello per farmi entrare.

Trovai la tavola già preparata, con due tazzine per il caffè e un bricco di latte caldo. E in un piccolo vassoio coperto, anche una generosa porzione di crostata.

Era tutto ciò che rimaneva dell'ottimo dolce preparato da Caterina per la cena della sera precedente. La tagliai per dividerla a metà, mentre Gabriel versava il caffè fumante nelle tazzine.

Mi guardava sorridendo di sottecchi, come un ragazzino che avesse appena combinato una marachella.

«E così,» iniziò, «tu adesso vorresti sapere come andò a finire l'esperimento della pittura.»

«Naturalmente. Allora, diventasti come il tuo omonimo Rossetti?»

«No, come Rossetti no, purtroppo. Trovo che le sue opere siano assolutamente straordinarie. Mio padre disponeva di una nutrita collezione di libri di pittura e, tranne quelli più rari, me li lasciava sfogliare; così, fin da bambino trascorsi molto tempo nella sua curata biblioteca, a fissare incantato le bellezze del mondo meraviglioso dell'arte. Ho sempre amato la pittura, in maniera particolare, per il mistero che si sprigiona da ogni sua opera.»

Gabriel si era accorto di aver catturato la mia attenzione, completamente.

Fece una breve pausa, prima di dirmi: «Intendo il mistero dell'anima. Soltanto gli artisti veri, i grandi, sono capaci di esprimerlo. Ciascuno di noi, è un mistero. In ogni anima, è racchiuso un segreto. Esso può essere qualcosa di terribile o di sublime, dipende dalla natura dell'individuo. Prima o poi il mistero si svela, in parte. La tenebra trapela, la luce trionfa. Ma il cuore del mistero, credo che resti celato per sempre al centro dell'anima.»

Lo ascoltavo rapita e ripensai alle parole della Garbanti: aveva ragione; quello davanti a me, era davvero un uomo di rara sensibilità e di grande intelligenza.

Lui mi parlava, adesso, con una luce nuova negli occhi, che avrei imparato a riconoscere. «Esiste una sola cosa a questo mondo,» disse con uno sguardo radioso, «in grado di esprimere il mistero dell'anima ancor meglio dell'arte. L'amore. Perché quello che tu desideri sapere, ciò che io ti racconterò, è una storia d'amore. Nient'altro che amore. Questo, è il mio segreto.»

«Non ne sono poi così sorpresa. Dentro di me, diciamo che l'ho sempre immaginato» gli confessai sinceramente.

«Lo so, è questo che ti ha portata fino a me. L'amore. Ma avremo tempo di parlarne, adesso ti dirò come andarono le cose con la pittura.» Ripose le due tazzine nel lavello e sedette nuovamente al tavolo, con la fronte leggermente aggrottata. Stavolta in un sorriso.

«Dunque, mio padre decise di farmi dono dei colori, dei pennelli e tutto il resto. Fu una bellissima sorpresa, per il bambino che ero allora; ma funzionò soltanto in parte.» Mi fece un gesto con la mano come per dire, così così.

«Avevo capito che dipingere fosse per te una passione» dissi afferrando l'ultimo pezzo di crostata dal mio piatto.

«Certo, è così. I colori si conquistarono un posto di tutto rispetto nel mio cuore. Tuttavia, le parole mi affascinavano di più. Già da allora. Dipingendo però, potei affinare il mio spirito di osservazione e questo avrebbe avuto un ruolo di grande importanza, nel mio futuro. Non mi limitavo più a guardare; io vedevo.» Sorrise, prima di continuare:

«La realtà che ci circonda è meravigliosa. Perfetta, in tutti i suoi dettagli.»

Lo disse porgendomi una delle rose che erano disposte in un vaso di cristallo sul tavolo ad ingentilire la stanza, con la loro grazia.

Subito dopo, però, un'ombra oscurò il suo volto: «Ad un certo punto, il dolore mi fece dimenticare persino questo, purtroppo. Il poeta che viveva dentro di me non c'era più; era morto. E, insieme a lui, anche il pittore e lo studioso. Tutte le sfaccettature del mio essere erano scivolate via, dilavate dalla crudeltà degli eventi. Fu così, fino a quando incontrai una persona che mi avrebbe restituito alla vita. Allora tutto sarebbe rifiorito, per quanto potesse sembrare ormai impossibile, e con una bellezza fino a quel momento sconosciuta.»

«La bellezza dell'amore» dissi, quasi senza rendermene conto.

«La bellezza dell'amore» ripeté Gabriel, «avrebbe fatto di me una persona nuova, la somma moltiplicata di tutto quanto ero stato ed avrei potuto essere. Prima d'incontrare la luce di quegli occhi, quando vagavo disperato nel buio, non avrei mai potuto pensare né lontanamente immaginare che una cosa simile mi potesse accadere.»

Si interruppe, con la voce spezzata dalla commozione, ed io me ne sentii responsabile.

Era tutta colpa mia, mi dicevo, che lo avevo costretto a rievocare i ricordi del suo passato tanto doloroso.

Lui aveva creduto di averlo allontanato per sempre. Poi qualcuno, per una sua egoistica forma d'interesse, lo aveva richiamato al presente. E quella persona ero io.

«Forse è meglio che tolga il disturbo, si è fatto tardi» non era vero, ma desideravo allontanarmi per lasciarlo in pace, invece di continuare a tormentarlo.

Lui annuì con la testa, lentamente, senza guardarmi.

Mi alzai. All'improvviso la stanza, fino a poco prima così allegra ed accogliente, mi sembrò vuota e fredda.

Gabriel stava in silenzio, e guardava attraverso la finestra aperta, con gli occhi perduti nel cielo azzurro.

Avrebbe voluto incontrarmi ancora o, forse, avrei dovuto accontentarmi della sua lunga introduzione, senza poter mai conoscere il resto della storia? Sapevo perfettamente che lui avrebbe avuto tutto il diritto di chiedermi che non tornassi più a disturbarlo.

Ciò che volevo sapere, in fondo, non mi riguardava. Ma lo stavo sottovalutando.

Gabriel era un uomo generoso e sincero. Sì era stanco, mi spiegò. Non della mia compagnia, che anzi era per lui una gioia. Si era stancato a parlare tanto, anche durante la sera precedente.

Non era più abituato. Per troppo tempo, aveva trascorso le sue giornate in silenzio.

Quella notte, poi, non aveva chiuso occhio.

I suoi anziani ospiti russavano, mi confessò, con un lieve imbarazzo. Fece una buffa espressione di sgomento con il viso e scoppiammo a ridere insieme.

«Comunque, non puoi andare via così», aggiunse ridendo ancora. «Non ricordi? Ieri ti ho promesso una sorpresa, ed io le mie promesse le mantengo sempre.»

Chiese se mi sarebbe piaciuto fare un'escursione lungo le sponde del grande lago. In quel periodo dell'anno era una vera meraviglia, mi disse.

Un trionfo di colori e di profumi.

Accettai con entusiasmo. Era un'idea magnifica, come la bella giornata di sole che avevamo ancora davanti.

Mi aveva letto nel cuore, desideravo moltissimo esplorare i dintorni del luogo così pittoresco che aveva scelto come suo rifugio.

Ci alzammo, e lui mi condusse fuori tenendomi una mano sulla spalla. Apprezzai quel gesto di affettuosa confidenza. Stavamo diventando amici, o forse, lo eravamo da sempre.

Capitolo 13

Quando tornammo in giardino l'aria era ancora più dolce, e il sole spandeva il suo tepore, mentre le api ronzavano con avidità intorno ai boccioli dischiusi. In una piccola rimessa erano custodite due biciclette. Le prendemmo per arrivare al paese, dalla piccola frazione in cui ci trovavamo. Il vento mi accarezzava il viso mentre pedalavo. Provavo una sensazione di leggerezza. Di semplice e assoluta felicità, come non mi capitava più da quando ero bambina. Mi sembrava di vivere un sogno. Era come se quell'uomo straordinario mi avesse catturato l'anima per introdurla in una dimensione fatata. Mi pareva che esistesse, intorno alla sua persona, uno spazio di totale serenità. E che, in quei momenti nei quali ero accanto a lui, fosse concesso anche a me di esserne parte.

La profonda armonia che regnava nel suo cuore aveva il dono di irradiarsi agli altri.

Lasciammo le bici presso una piccola trattoria locale, ad una donna allegra e corpulenta che la gestiva. Si trattava di una parente della perpetua Caterina. Continuammo a piedi, attraverso le caratteristiche viuzze del centro storico della graziosa e ridente cittadina.

In quel periodo, come durante tutta la bella stagione, era gremito di visitatori dalle svariate nazionalità. In estate, il flusso dei turisti sarebbe ulteriormente aumentato, precisò Gabriel. «Tra luglio e agosto il tempo è il migliore di tutto l'anno. Il momento ideale per stare in spiaggia, ed anche la temperatura dell'acqua è più gradevole, in quel periodo; perfetta per praticare molti sport.»

Scendemmo delle scalinate in direzione del lungolago per imbarcarci su un battello, che ci avrebbe condotti a visitare una delle incantevoli località affacciate sul Lario. La descrizione fattami da Gabriel di quel paesaggio, che si estendeva lungo le rive del grande lago, corrispondeva a verità. Tutte le parole che con amorevole cura aveva scelto per decantarmi quella bellezza, così elegante e selvaggia al tempo stesso, trovavano riscontro negli scorci meravigliosi che si andavano via via aprendo alla mia vista.

Cominciavo a comprendere perché si fosse tanto legato a quel luogo. Lui parve leggermi nel pensiero, perché iniziò a parlare spiegandomi egli stesso la ragione.

«Un luogo bellissimo dove stare, non trovi?»

Doveva senza dubbio aver notato l'autentico incanto che il pittoresco scenario suscitava in me.

Era un momento perfetto. Tra cielo e acqua, con i capelli spettinati dal vento, sembravano i protagonisti della scena di un film. O forse era un sogno.

Forse, di lì a poco, un brusco risveglio mi avrebbe d'un tratto riportata alla quotidianità e tutto ciò sarebbe sparito: il lago, il vento e il poeta. Tutto quanto.

Vidi due grandi occhi scuri che mi fissavano, in attesa di una risposta. Non mi costò alcuna fatica essere sincera.

«Sì, è veramente un posto molto bello, un piccolo angolo di paradiso sulla terra. Forse sto per dire una sciocchezza, ma sembra un paesaggio piuttosto mediterraneo rispetto a quello che ci si potrebbe attendere quassù.»

«Qui intorno al lago il clima è più temperato e costante. Nonostante la vicinanza delle montagne, la temperatura è piuttosto mite anche d'inverno, grazie alla massa d'acqua che fa da riserva termica.» disse, con quel suo particolare accento che gli rendeva la bella voce profonda ancora più attraente.

Ci fermammo a pranzare presso un piccolo ristorante che affacciava i suoi tavoli direttamente sul lago, grazie a una terrazza realizzata su palafitta. Era un posticino veramente delizioso, tutto cinto di fiori colorati in svariate gradazioni di rosa; dal più pallido quasi bianco, fino al fucsia dal tono più acceso. Mi chiedevo come facesse, a conoscere quel luogo appartato e romantico; si trattava con tutta evidenza del posto ideale per un incontro tra innamorati anche se, a dire il vero, in quel momento era affollato soprattutto da turisti, e di tutte le età.

Era abbastanza lontano dal paesino in cui Gabriel si era stabilito, ed anche piuttosto fuorimano per qualcuno che non avesse una grande familiarità con quei luoghi. Ancora una volta, la sua sensibilità captò le mie riflessioni.

Senza che io gli avessi domandato alcunché, lui mi parlò rispondendo al mio pensiero. «Me ne aveva parlato lei. Lo adorava, questo posto. Ci veniva con la sua famiglia, fin da piccina. Mi diceva che amava dar da mangiare ai cigni.»

Seguendo il suo sguardo mi voltai e vidi, su di un piccolo lembo di riva, una bimba che rideva felice mentre lanciava del pane ad alcuni cigni sotto gli occhi attenti della madre.

«È per questo allora che sei qui. Per lei.» La mia non era una domanda, ma una conclusione.

Mi sorrise, ed annuì. «Sì, certo. È questo, che ho sempre voluto. Poter conoscere la sua vita, vedere i luoghi dov'è nata, e che ha amato fin dall'infanzia. Guardare anch'io, lo stesso cielo che è stato guardato dai suoi occhi. Perché così posso sentirla più vicina.» Un profondo sospiro lo scosse, prima che potesse continuare a parlarmi.

«Vedi, io non ho mai smesso di aspettarla. Per questo ho continuato a scrivere poesie. Sono tutte per lei. Ho sempre pensato che la poesia, con la sua delicata bellezza, potesse darmi modo di riportarla a me.»

Si interruppe come in attesa di una mia reazione. Ma io non avevo niente da dire. Desideravo solo che continuasse a parlarmi. E lui proseguì.

«Forse tu mi giudicherai stravagante, o magari pensi che sia un pazzo. Lo sono. Pazzo d'amore. Pazzo di lei. Dalla prima volta che l'ho vista, completamente pazzo di lei.

Tanto si è scritto e tanto si è detto, forse dal principio del mondo, intorno a quello che viene chiamato amore a prima vista. Ed è difficile credere che possa esistere, lo capisco, finché non lo si sia provato. Ero scettico anch'io, prima.»

I suoi occhi brillavano come stelle, lasciando affacciare le lacrime della commozione. «Ero scettico, a dire il vero, riguardo l'amore in genere.»

Questo da lui proprio non me lo sarei aspettato, e credo di aver sgranato gli occhi per la sorpresa.

Ero convinta che fosse un irriducibile romantico, e glielo dissi. Ricordo come scosse il capo, divertito. Rideva.

«Ah, certo. Capisco che idea ti sia fatta di me...» Ancora scuoteva la testa, ma non rideva più.

Stava cercando le parole adatte. E non era facile trovarle; quali sono le parole adatte a descrivere l'amore? Forse non ne esistono abbastanza. Non ancora.

Infatti Gabriel ricominciò a parlare di sé.

«Io, come ti ho già detto, ero uno studioso. Ho trascorso gran parte dei miei anni nelle biblioteche, un po' come un frate dentro il perimetro del suo monastero. Al riparo dalle insidie del mondo esterno. Al riparo anche dai sentimenti. L'amore, in fondo, ho sempre preferito viverlo attraverso i versi immortali dei grandi poeti. E l'amore a prima vista, ho creduto che fosse in definitiva una raffinata invenzione letteraria. Una magnifica illusione.»

«Vuoi dirmi che non è così? Tu lo hai trovato, a un certo punto. È questo il tuo segreto, vero?»

Lui mi guardò per lunghi istanti. Poi annuì. «È questo il mio segreto. Ed ha il colore trasparente del mare. È stato subito amore. Prepotente. Definitivo. Anche se io non lo compresi subito. Ci volle un po' perché capissi che in un istante tutto per me era cambiato. Ogni equilibrio nel mondo. Il mondo stesso, e le mie opinioni.»

«Quel mare di cui parli sono i suoi occhi, vero?»

«Io in quel mare sono annegato e morto, e poi sono nato per la seconda volta. La mia anima è tornata alla luce nei suoi occhi meravigliosi. Sono bastati pochi attimi perché il mio cuore le appartenesse per sempre.»

«Per sempre» ripetei. «Per questo scrivi. Tu parli con lei. E lei, come mai non ti risponde? Pensi sia possibile un suo ritorno?»

«L'ho creduto sempre. Proprio come ebbi la speranza, e volli credere, che la poesia mi avrebbe condotto fino a lei. Ed anche allora sembrava veramente impossibile, sai? Le mie parole d'amore sono come messaggi in bottiglia che io lascio andare tra le onde del destino. Senza sapere fin dove esse si spingano, o se si perdano inutilmente. A me piace pensare che il mio amore le legga, e che i miei messaggi in bottiglia vadano a gettarsi in un mare senza fine.»

La voce sembrò mancargli per l'emozione. Poi aggiunse, quasi sottovoce: «L'azzurro trasparente dei suoi occhi.»

Le sue confidenze furono interrotte dal cameriere arrivato al tavolo, che portava le nostre ordinazioni: pesce di lago e un vassoio di verdure assortite, come contorno. Il tutto era accompagnato da un eccellente vino bianco, già assaggiato durante l'attesa, insieme ad alcuni stuzzichini. Gabriel mi servì premuroso ed attento, da perfetto gentiluomo, quale ormai sapevo che era.

Mentre andava sistemando con cura il contenuto del mio piatto, mi sorrise, inviando una strizzatina d'occhio al mio indirizzo. Desiderava alleggerire un po' l'atmosfera.

«Si tratta di una lunga storia, ma non preoccuparti. Te la racconterò con calma. Adesso mangiamo.»

Capitolo 14

Avrei ricordato quella giornata sul lago, con un'emozione particolare e nei minimi dettagli, negli anni che sarebbero seguiti.

Nel primo pomeriggio, come accade di frequente durante la primavera, le condizioni del tempo era mutate tutto a un tratto. E drasticamente.

Eravamo seduti al nostro tavolo, in un angolo fiorito della pittoresca terrazza sul Lario, quando un forte vento si alzò all'improvviso come per capriccio, portando un seguito di grosse nubi scure che avanzavano minacciose. Con il cielo coperto, e l'odore di pioggia nell'aria, tutto apparì diverso.

La grande distesa lacustre, in brevissimo tempo, assunse un'altra natura e si mostrò come un oceano in tempesta. Le sue acque si agitavano, nere come la notte, mentre violente ondate schiumose venivano a frangersi sulle rive e sui moli con un ruggito rabbioso.

Le piccole imbarcazioni ormeggiate oscillavano, indifese, e il legname scricchiolava in un gemito doloroso.

Un tale, repentino, cambiamento mi fece pensare alla vita di Gabriel che, come quel paesaggio, aveva abbandonato all'improvviso la serenità e la luce per essere travolta dal vento e dalle onde del destino. Sospinta nell'ombra.

Lasciammo il ristorantino di corsa. Gabriel pagò il conto in fretta e furia e non ne volle sapere di dividere.

Per ricambiare la gentilezza proposi di prendere un caffè e magari anche un dolce, in un posto riparato per aspettare la fine del temporale, che era ormai alle porte. Appena in tempo, ci rifuggiammo in un locale non molto distante dal posto in cui eravamo stati a pranzare. Dopo, venne giù un violento scroscio d'acqua, un vero e proprio diluvio, che riuscì ad inzupparci per benino nei pochi istanti di attesa davanti all'ingresso, affollato per l'improvviso arrivo dei numerosi turisti messi in fuga dall'acquazzone.

Avemmo la fortuna di occupare l'ultimo tavolino rimasto disponibile. Io presi un cappuccino, mentre Gabriel preferì un caffè macchiato. Chiesi di portare anche dei pasticcini, per accompagnare le nostre ordinazioni.

Confesso che fui felice per quella nuova sosta, per quanto forzata dagli eventi. Il tavolo dove ci eravamo accomodati era in un angolo, a sufficiente distanza dagli altri per poter parlare senza essere ascoltati. Il rumore della tempesta che infuriava fuori, inoltre, era tale da coprire le nostre voci.

Per questo mi spostai, per mettermi al suo lato invece che sedergli davanti. Avrei potuto in tal modo sentire meglio, poiché desideravo che proseguisse nel suo racconto.

Lui riprese non appena venimmo serviti.

E, mentre girava il cucchiaino per sciogliere lo zucchero con meditata lentezza, riprese a parlare.

«Questo temporale rappresenta in modo efficace lo stato d'animo in cui mi trovai nei primi tempi. Portato di qua e di là senza una meta, come una foglia secca nel vento di novembre. Tuoni, buio, e intemperie. Non vi era altro nel mio cuore oltre questo, se non un dolore livido come la morte. Era un dolore che mi lacerava l'anima in silenzio. Una disperazione muta, dato che nessuna parola al mondo sarebbe mai stata in grado di darle un senso. Io non avevo modo di poterla esprimere, perché una tale condizione non trova forma nelle espressioni umane.»

Ora, nei suoi occhi scuri, vedevo una tempesta più buia di qualsiasi altra potessi immaginare.

Sorseggiava il suo caffè, con aria meditabonda. Forse si stava decidendo su quale parte della sua storia dividere con me, e quale invece tenere sepolta per sempre.

Decisi di andargli incontro: « Mi stavi parlando dei primi giorni, o settimane, quando tu sei arrivato qui in Italia?»

Lui non rispose subito.

«Giorni, o settimane. Mesi o anni; non lo saprei dire. Non lo ricordo.» Fece una breve pausa, ed io vidi sul suo volto un'espressione che non avrei dimenticato mai più; quale potrebbe essere quella di un uomo, affacciato sull'abisso dell'inferno.

«Mi ero perso, avevo perso tutto completamente. Persino la memoria, non l'avevo più, quando arrivai qui. Ero in un tale stato di prostrazione fisica e morale, che non riesco a ricordare neanche come vi giunsi. Ho ricordi confusi del periodo che seguì la morte della mia carissima sorella e del suo fidanzato. Loro due erano per me tutta la mia famiglia. Ricordo le voci preoccupate, le parole sussurrate per paura di essere scoperti, degli amici fedeli che mi nascosero per proteggermi. Ma i loro volti no, io non riesco a ricordarli. Sono solamente ombre, che di tanto in tanto attraversano i miei incubi.»

«Mi dispiace tantissimo, Gabriel» dissi prendendogli una mano tra le mie.

Mi dispiaceva davvero per lui. Davvero tanto.

Lui continuò, lasciando che gli tenessi la mano. «Avevo la febbre, una febbre che mi divorò per numerosi giorni. Ma dovetti mettermi in marcia, insieme ad altri che come me si vedevano costretti dalla gravità delle circostanze ad abbandonare il proprio Paese, per salvarsi la vita.»

«Sei sicuro di voler continuare?» non volevo dargli altra sofferenza.

Lui neanche mi sentì, o fece finta. Ma non rispose. Era in un altro luogo, adesso, come compresi subito dopo.

«Si procedeva durante la notte, con la luce della luna. Arrancavamo lungo impervi sentieri rocciosi, mentre di giorno rimanevamo tra la folta vegetazione dei boschi per nasconderci. Solo allora potevamo riposare ed io, stremato dalla fatica e dalla malattia, giacevo con gli occhi fissi al cielo.»

Mi fissò con tenerezza, e mi chiese se non fosse meglio per me parlare d'altro. Di arte, magari. Stavolta era lui che temeva di rattristarmi.

«Ho già sofferto tanto io, ed abbiamo amaramente pagato in troppi per quei tragici eventi che ti sto descrivendo.

Non è possibile, forse, spiegare quanto sia doloroso dover fuggire via dalla propria patria, dalla propria casa. Dalla propria vita. Quale profondo senso di sconfitta e costernata disperazione ne derivi poi per lungo, lungo tempo. Forse per sempre. Ma se tu vuoi, proseguirò. Soltanto se tu lo desideri.»

Ripensai a quando mi ero incontrata con la Garbanti, e a quando ero partita, con la speranza che lui mi ricevesse. Non avrei mai immaginato, allora, che tra di noi ci potesse essere tanta familiarità.

Tutto stava accadendo in così poco tempo; ma era quello che avevo desiderato. E glielo dissi.

Dopo un cenno d'intesa, riprese lì dove si era interrotto. «Di quel viaggio della disperazione per giungere al confine e lasciare il mio amato Paese da profugo e clandestino, io non ricordo quasi nulla, come ti dicevo. Credo che sia una fortuna. Quando mi sdraiavo, con le membra doloranti, su di un qualche giaciglio di fortuna, durante le ore del riposo tra una marcia e l'altra, ricordo delle mani fresche che mi sfioravano la fronte e mi sostenevano premurosamente per farmi ingoiare delle cucchiaiate d'un liquido amaro. Penso che si trattasse d'un medico o di un infermiere; i suoi gesti erano precisi e sicuri. Si prendeva cura di me. Sicuramente gli devo la vita, e non conosco neppure il suo nome. Non ho idea di dove possa trovarsi, né se sia sopravvissuto.»

Mi sembrava di poter rivivere, insieme a lui, quella fuga angosciosa.

I passi furtivi nella notte con il terrore di essere scoperti, e la marcia impervia nella fredda umidità, verso un futuro senza certezze.

Sentivo anche io dei brividi scorrermi addosso, come se avessi la febbre, ed iniziavo a provare un marcato senso di disagio per gli indumenti bagnati di pioggia. Avrei voluto indossarne di asciutti.

Come ipnotizzata, osservavo le labbra di quell'uomo che mi sedeva accanto, ed avanzavo con lui nel suo calvario.

«A volte, Alice, mi capita ancora di vedere qualcuna di queste immagini confuse, quando sogno. Sono frammenti del passato che vagano sconnessi nella mia mente come schegge appuntite ancora in grado di farmi del male, se soltanto riescono a sfiorarmi. Allora io mi sveglio, con il cuore che batte nel petto all'impazzata come se cercasse di uscire, per fuggire via dalla sensazione di angoscia che lo assale. Un'angoscia che pesa più del piombo, e che sembra voglia schiacciarmi fino a togliermi il respiro.»

Fece una pausa, come se avesse bisogno di raccogliere altra energia per andare avanti. Aveva pronunciato il mio nome, per la prima volta. Gliene fui grata. Strinsi la sua mano con sincera amicizia e lui riprese a parlare.

«Non so dire per quanto tempo rimasi malato; fui spedito come un pacco postale da chi ebbe la bontà di mettermi in salvo, indipendentemente dalla mia volontà. Perché io, la volontà, non l'avevo più. Lo stato febbrile prima, poi la spossatezza della convalescenza, mi lasciarono galleggiare nel nulla.»

«Comincio a credere anch'io che sia stato un bene, per te.» Glielo dissi con il cuore; me ne andavo via via sempre più convincendo.

«Sì, il destino volle che andassi incontro alla mia seconda vita, liberandomi da ogni residuo di quella precedente. Mi restava solo uno zaino con pochi indumenti e un piccolo borsello nel quale tenevo serbato un po' di denaro. In una tasca dello zaino, un biglietto con nome e indirizzo di chi avrebbe dovuto accogliermi per aiutarmi nella prima fase della nuova esistenza. La mia destinazione.»

Allontanò la tazzina vuota.

«Dovevo ritrovare la speranza, nei momenti di lucidità non avevo fatto altro che ripetermi questo. La sorte, però, aveva predisposto un altro disegno...»

«Cosa accadde?» Domandai, con la netta sensazione che in quel viaggio nei flutti del destino si stessero di nuovo appressando delle rapide rovinose.

«Ero solo e frastornato, in un luogo a me completamente alieno. Vi si parlava una lingua diversa dalla mia, quella che avevo appreso dai miei nonni. Io non capivo perché; come mai mi trovassi in quel mondo sconosciuto. O forse, era soltanto un brutto sogno più intenso degli altri. Doveva semplicemente trattarsi dell'aeroporto, invece. Uscii. Era sera, il cielo sull'imbrunire aveva striature rosse mentre il sole tramontava. Mi guardai intorno in cerca di qualcuno che potesse darmi indicazioni e vidi, ad una certa distanza, quello che mi sembrò essere un box di accoglienza. Decisi di andare in quella direzione. Mi chinai a prendere lo zaino che avevo poggiato accanto a me.»

Non occorreva che lo dicesse, avevo già capito.

«Lo zaino era sparito e, con esso, il foglio con l'indirizzo al quale avrei dovuto recarmi. Cercai aiuto, con lo sguardo. Ricordo la gente, che continuava nel suo andirivieni, come nulla fosse. Tutto prese a girarmi intorno. Il cuore batteva come se volesse scoppiarmi per lo sgomento, e mi sentii male. Fui sopraffatto dalla debolezza e dalla nausea. Non possedevo più niente a questo mondo, a parte gli abiti che avevo indosso e il poco denaro che portavo con me.»

«Dev'essere stato terribile» mormorai, quasi sottovoce. Ero desolata. Mi sentivo un po' in colpa nei suoi confronti, come se fossi responsabile anch'io, per una quota, di ciò che gli era accaduto in un Paese tanto lontano dal suo.

Il 'mio' Paese.

Lo dissi, ma lui scosse la testa in un deciso diniego.

«No, non ti devi dispiacere. La verità è che, poco dopo, non me ne importava già nulla. La mia mente sconvolta ebbe una un'altra reazione. Per uno spietato senso di ironia che qualche volta accompagna nei momenti peggiori, io mi sentivo addirittura sollevato. Finalmente, ero libero di non essere più nessuno. La verità è questa, io non volevo essere più nessuno. Non desideravo possedere più nulla. E non volevo più affetti. Non volevo più niente; in tal modo non avrei più potuto perdere qualcuno o qualcosa.»

Ero addolorata dal suo racconto.

Ma Gabriel annuì, sorridendo. «Capisci? Nulla avrebbe potuto essermi sottratto, mai più. Non volevo più soffrire. Sì, ora potevo guardare in faccia la disperazione. E scoprii che non mi faceva paura.»

Lo osservavo sgomenta. Le sue parole di dolore pesavano come macigni.

Mi chiedevo, quanti Gabriel esistono al mondo?

Lui dovette accorgersi del mio turbamento, perché quasi a volersi giustificare, aggiunse guardandomi con dolcezza: «Dovevo sfuggire al dolore. Avevo necessità di difendermi in qualche modo. Quella mi sembrò l'unica via possibile di scampo.»

Uno spiraglio di luce arrivò sul nostro tavolo.

Il temporale era cessato e si riaffacciava il sole. Era ora di rientrare.

Capitolo 15

Durante quella notte, il mio sonno non fu tranquillo come nelle precedenti.

Incubi paurosi si susseguivano senza sosta, ogni volta che riuscivo ad addormentarmi eludendo la morsa del dolore e della nausea che mi davano il tormento. Ero andata a letto con un fastidioso male al petto, che mi faceva tossire con insistenza.

Avevo preso freddo per via dell'acquazzone giù al Lago, lo sapevo. Pensavo tuttavia che una buona dose di riposo e un letto caldo, insieme a una compressa per il raffreddore, potessero rimettermi in sesto. Ma non fu così.

Avevo i brividi, per il gelo e per il terrore. Nei miei sogni il cuore batteva all'impazzata ed io cercavo di correre, ma le mie gambe non rispondevano.

Vedevo altre persone intorno a me che stavano fuggendo, e si mettevano in salvo, avanzando in quel luogo buio ed ostile, così freddo e umido. Forse una foresta? Sentivo gli spari avvicinarsi, dovevo andarmene. Ma non riuscivo a muovermi, avvertivo un dolore acuto al petto e alle spalle, e avevo la tosse.

Ero così debole...

Verso l'alba cominciai ad avere caldo. Sudavo e cercavo di scoprirmi. Adesso la vegetazione era diventata roccia, e un sole rovente mi seccava le labbra. Compresi di avere la febbre, e molto alta. Proprio come Gabriel. Ero come lui, adesso; forse ero diventata lui.

Quel pensiero, stranamente, mi chetò.

L'arsura dovuta alla malattia, ora, non mi dava quasi più fastidio, ed anche il dolore fisico si andava allontanando dalla mia percezione. Se ero lui, allora stavo per incontrare l'amore. Sapevo che tutto il male terreno sarebbe sparito e i sentimenti avrebbero preso il sopravvento.

Nell'ultimo sogno lo vidi. Gabriel era seduto davanti a me. Cercai di parlargli.

Lui mi fissava con i suoi profondi occhi scuri, e quando finalmente trovai il coraggio di porgli quella domanda che avevo avuto sulle labbra ancor prima della mia partenza, il suo volto si illuminò di una luce che io non avevo veduto mai. Sentii che stava per parlare di lei.

Le sue gote scarne ripresero colore, come se il pensiero di quell'amore bastasse da solo a restituirgli la giovinezza, e tutti gli anni di vita perduti. Il suo sguardo era rivolto nella mia direzione; ma andava oltre di me.

Guardava lontano, Gabriel, coi suoi occhi neri scintillanti come stelle in una notte d'estate.

Con la sua anima, lo percepivo, era lontanissimo da me.

A una distanza sconosciuta.

Oltre il tempo, come comunemente lo si intende.

Avrei poi compreso, avrei imparato, che la grandezza del sentimento, l'immensità del vero amore non attengono alla dimensione umana; ma la trascendono.

L'amore vive e viaggia attraverso le distese dell'eternità.

Io desideravo sapere del loro incontro, volevo conoscere la loro storia. La storia del loro amore straordinario.

Al mattino mi svegliai spossata dal malessere; ma serena. Completamente. Iniziavo, ora, a comprendere quella pace che Gabriel aveva dentro di sé. Mi tornarono sulle labbra delle parole, che la Giulietta di Shakespeare pronuncia sul balcone, nella celebre scena:

Una dolce pace e una dolce felicità scendano nel cuor tuo, come quelle che sono nel mio petto.

Il pensiero tornò ancora una volta al mio amico poeta; lui la pace e la felicità le aveva perdute e ritrovate, per poi perderle ancora. Quanti cambiamenti nella sua vita. Ma la vita, è essa stessa cambiamento.

Forse non mutiamo continuamente, dal momento in cui veniamo alla luce?

Ogni attimo, nulla più è identico all'istante precedente; per quanto ciò possa risultare impercettibile. Ineluttabile, perciò, che ciascuna esistenza si componga di diverse fasi. Periodi distinti del nostro tempo, destinati a concludersi per lasciare il passo ad esperienze successive. E tuttavia molto spesso, o forse sempre, in ciascuna di queste fasi si ha l'impressione che sia quella una condizione stabile, se non definitiva.

In verità è cosa assai strana come riusciamo a riscontrare la stabilità in quella totale instabilità, che appartiene alla condizione umana.

Si potrebbe quasi dire che siamo istintivamente portati ad elaborare il concetto di eternità secondo i nostri orizzonti.

Tuttavia, pensai, bisogna pur riconoscere che per molti il corso della vita scorre lungo binari congruenti, procedendo da un periodo a quello successivo senza eccessivi scossoni.

Altri hanno, invece, nel loro percorso tratti così diversi tra di essi, come vivessero esistenze distinte all'interno della medesima.

Gabriel era così. Un sopravvissuto.

Ecco, questo avrei voluto chiederglielo. Per sapere cosa si può provare. Che cosa significa. Ma non gliel'ho mai chiesto.

Non ne ho avuto bisogno. Avrebbe fatto in modo che lo leggessi.

Ricordo bene quelle parole, come lo avessi davanti a me a pronunciarle. "Vagavo, come il fantasma di me stesso. E questo credevo. Sono un fantasma, per questo gli altri non mi vedono. Sono soltanto il fantasma dell'uomo che ero, ed ora la mia anima vaga senza pace."

Vagava, aveva scritto. Era come un'anima senza pace, in cerca della strada per ritornare a casa. Ma non vi riusciva perché ogni cosa dentro e tutt'intorno a sé, gli risultava aliena e priva di riferimento. Completamente.

Lo immagino a volte, in giro, sporco e confuso. Lo vedo trascinarsi, emaciato e sciatto. Irriconoscibile. La sua bella mente chiusa alla realtà, inselvatichita da troppa solitudine e dalle tribolazioni.

L'anima retta che si era persa, smarrendo la via.

Nei miei pensieri febbricitanti adesso comparivano delle altre parole. Quelle, illustri e profonde, del suo grande omonimo. Il Sommo Poeta. Dante Alighieri, che con i suoi versi, continuava a parlare universalmente all'umanità.

Con gli occhi fissi al soffitto della stanza, mi trovai così a considerare come, per uno strano gioco del destino, anche il 'mio' poeta si chiamasse Dante.

Anche lui, si era smarrito nella selva oscura degli affetti perduti, dell'esilio e della lontananza. Ed anche lui, più tardi, avrebbe ritrovato, proprio nella Poesia e nell'amore fedele per qualcuno, quella luce capace di rischiarargli il cammino. Quella luce, lo avrebbe ricondotto alla propria identità e riportato alla vita.

Non potei fare a meno di pensare che uno degli artisti più grandi nella storia dell'umanità, non sarebbe stato ciò che era divenuto, il Poeta conosciuto e amato per mezzo della bellezza eterna della sua opera, se soltanto la sua esistenza fosse stata più lineare. La realizzazione di un destino può, e forse deve, passare attraverso una fase di buio. Una lunga notte, nella quale lo spirito si dibatte tra i sogni e gli incubi, come una crisalide nell'oscuro involucro che la contiene, prima che divenga farfalla. Dante Gabriel amava le farfalle.

Non so per quanto tempo rimasi in quello stato, sospesa tra le mie fantasticherie e la febbre. Ricordo però che a un tratto sentii bussare con insistenza alla mia porta. Io cercai di alzarmi per andare ad aprire; ma dovetti rendermi conto con stupore che non ne avevo la forza. Tentai allora di dire qualcosa, per richiamare l'attenzione della persona fuori dalla stanza. Ma la mia voce era un sussurro, troppo debole per essere sentito. Gabriel. Anche lui, nel dolore fisico e nella solitudine, si era trovato forse ad invocare aiuto senza che la sua voce fosse udita da qualcuno? Gabriel, le poesie. Le farfalle. L'amore.

All'improvviso la porta si aprì. La giovane proprietaria della pensione accorse verso di me, chiedendo se andasse tutto bene. Cercai di risponderle; ma tutto ciò che potei comunicare furono dei violenti colpi di tosse. La ragazza poggiò una mano sulla mia fronte dicendomi, con voce allarmata, di stare tranquilla. Si volse verso la cameriera che l'accompagnava, chiedendole di chiamare un medico. Immediatamente.

Io non dissi nulla. Ero troppo stanca, per una qualsiasi reazione. Stavo percorrendo ancora, dentro di me, il lungo calvario del mio poeta verso la libertà.

Poi non ricordo più nulla.

Il sopore dovuto alla febbre che era altissima, come avrei saputo poi, mi risucchiò nuovamente in un vortice confuso di sogni.

Capitolo 16

Quando mi risvegliai, era pomeriggio inoltrato. La luce del giorno, che filtrava attraverso le tende della finestra, tendeva già ad una sfumatura rosata che preannunciava l'avvicinarsi del tramonto. Avevo sete. Avrei dovuto chiamare qualcuno, pensai. Io la forza di alzarmi davvero non l'avevo. Ruotai lentamente la testa guardandomi intorno, in cerca di un telefono o di un campanello. E fu allora, che scorsi qualcuno seduto accanto al mio letto.

Era Gabriel.

Non ci fu bisogno di chiederlo, mi diede da bere. Poi mi rinfrescò la fronte e mi rassicurò. Quella stessa mattina, ero stata visitata da un bravo medico che viveva proprio nella villetta adiacente all'albergo.

Avevo preso una bella bronchite; ma non era grave, per fortuna. Nei giorni successivi, però, avrei dovuto soltanto pensare a curarmi e a riposare.

Ricambiai la sua premura con un debole sorriso.

Ero felice che lui fosse con me; felice di non essere sola.

Ora la stanza sembrava più accogliente, avevo la dolce piacevole sensazione di trovarmi in un luogo familiare ed amico.

In risposta, lui mi mostrò una cartella di pelle scura, un po' logora, ma di buona fattura. Conteneva un quaderno, piuttosto rovinato anch'esso, e dei fogli sfusi. Riconobbi la sua calligrafia.

«Li ho portati per farti compagnia, quando non sarò qui.

Nei prossimi giorni dovrai rimanere a letto, potrai leggere quando ne avrai voglia» disse, stringendomi una mano con affetto. «Io comunque,» proseguì Gabriel, «verrò sempre a farti visita fino a quando non sarai nuovamente in grado di uscire e venire tu a trovarmi, come prima. D'accordo?» «D'accordo» gli risposi, con un filo di voce.

Quella sera, il medico venne a visitarmi di nuovo. Era un uomo alto e robusto, con una bella barba bianca ed una folta capigliatura che conservava ancora delle striature di biondo. Con quella sua aria da gigante buono, conquistò da subito la mia simpatia e, in effetti, era davvero un'ottima persona. Constatò con sincera soddisfazione come le mie condizioni fossero notevolmente migliorate rispetto al mattino, sebbene occorressero ancora diversi giorni per la guarigione. Prima di congedarsi, mi fece un'iniezione con mano leggerissima e sicura e se ne andò raccomandandomi il massimo riposo.

Gli risposi che non sarei riuscita a fare altrimenti, anche se avessi voluto. Ed era la pura verità.

Rimasta sola, presi il telecomando che era sul comodino e provai a cercare qualcosa di carino da vedere in tv. Ma, quasi subito, fui costretta a rinunciare. I suoni e le voci mi procuravano mal di testa.

Avevo bisogno di rimanere in silenzio.

Dopo non molto, però, iniziò a subentrare la noia. Tentai di addormentarmi, ma non avevo sonno. Allora, allungai le mani verso la cartella di pelle che Gabriel aveva lasciato al mio fianco, e ne estrassi dei fogli.

Vi erano tracciati dei versi; a volte intere poesie, in altri casi parevano degli appunti per componimenti futuri. Presi il quaderno, e andai alla prima pagina.

Iniziai a leggere.

Era come avere il mio amico vicino ed ascoltarne la voce:

«Non riesco proprio a ricordare, per quanto abbia provato tante volte, in che modo trascorsi i primi giorni. O forse settimane, in quella condizione da semivivo. Conservo alla perfezione, e fin nei minimi dettagli, la memoria di tanti giorni che furono. Quelli, in cui io ero qualcuno. Sì, una persona del tutto normale; rispettabile e rispettata. Come serbo, ancor più minuziosamente, i ricordi di quello che sarebbe accaduto poi.

Ma di ciò che vi è stato nel mezzo, in quella che è stata una transizione forse necessaria, come ora mi rendo conto, non ho trattenuto con me quasi nulla. Rivedo ogni tanto nella mia mente un uomo magro e malmesso trascinare i propri passi, al limite delle sue capacità fisiche e morali, come una sagoma spettrale che esista soltanto nella mia immaginazione.

Eppure so, dentro di me, che quello ero io. Quello che di me restava.

Camminavo sempre. Camminavo sempre, in cerca di che cosa non so. Quante strade e quante case, tutte sconosciute ai miei occhi ed al mio cuore. Ma cosa importava? Ormai in realtà io non cercavo più niente, perché non avrei saputo più cosa cercare.

Portavo in giro la mia disperazione, dall'alba al tramonto, come un orribile fardello celato dietro al soprabito sporco. Un immondo fagotto sempre più pesante, per me, ad ogni giorno. Camminavo sempre, e non mangiavo praticamente nulla. Solamente qualche briciola, raccolta ovunque fosse. Qualsiasi avanzo, come fossi un cane randagio. Non mi so spiegare dov'è che trovassi la forza di camminare tanto.

Ero giunto ormai ad un passo dal compimento della mia fine; del mio corpo, come del mio spirito, non restava altro che una vuota impalcatura. Mi sentivo sempre più leggero, in quegli abiti sempre più grandi, a volte pensavo di poter volare come un aquilone. Durante la notte, mentre giacevo in un dormiveglia febbrile popolato da incubi spaventosi, ero tormentato dai crampi che mi davano fitte lancinanti. Sarei morto, di lì a poco, se non avessi ricevuto dalla vita il primo segnale di speranza.

Ho sempre avuto vivissimo il senso dell'estetica dovuto, credo, alla mia passione per l'arte. O forse, sono così senza una ragione. Ma ho sempre cercato di rendere bella, per quanto ho potuto, la mia esistenza.

I miei gesti, gli atteggiamenti e oserei dire i miei pensieri, sono sempre stati improntati alla mia idea di bellezza.

E per quanto, lo capisco, possa apparire incomprensibile, il decadimento fisico del mio essere mi suscitava un senso tragico di trionfo. In quell'aspetto emaciato e lurido, nella sua realtà terribile, vedevo incarnarsi alla perfezione i miei sentimenti.

E ciò mi procurava un'oscura sensazione di rivalsa.

Udivo mille demoni ridere di me ed io ridevo con loro, di me stesso. E della mia miseria. Della mia fine ormai vicina e del mondo intero, con tutta la sua crudeltà.

Sfogavo così la mia rabbia; una rabbia terribile che la mia indole, mite e pacifica, aveva rivolto come un'arma carica contro me stesso, affinché non fossi in grado di nuocere a chiunque altro.

La mia presenza, indesiderata ed inquietante, era schivata dalle persone 'normali' come fosse una mina vagante, con un senso più di ribrezzo che di pietà per il mio stato.

Facevano finta di non vedermi. Ed io li sfidavo.

Sarei diventato, ad ogni giorno, più magro e più sporco; volevo dipingere sopra di me un capolavoro dell'orrore.

Si dice sempre che le apparenze non contano. Ma non è vero. Se una certezza esiste a questo mondo, è che si viene giudicati, in grandissima parte, secondo le apparenze. E molte volte, contano solo le apparenze. Assai più spesso di quanto chiunque sarebbe disposto ad ammettere.

Perché anche tu, che sei venuta a cercarmi per conoscere la mia storia; tu, che ti sei tanto commossa conoscendo le ingiustizie che ho sopportato; persino tu, lo so bene, quasi certamente avresti voltato la tua faccia dall'altra parte per passarmi il più lontano possibile.

Non mi avresti riconosciuto, dentro quella tragica spoglia coperta di panni larghi e sporchi.

Ma ero io, quello. Questo è ciò che avrei voluto gridare al mondo intero. Sono io!

Sono ancora io. Ma nessuno mi guardava in faccia perché potessi parlargli, così non potevo dirlo a nessuno.

E continuavo a camminare.»

Smisi di leggere. Avevo gli occhi colmi di lacrime, come se quei segni aguzzi tracciati dalla mano di Gabriel fossero delle lame appuntite, pronte a far male a chi le guardasse.

Sì, faceva male la verità.

Ero stata io, però, a volerla conoscere. E non me ne sarei pentita. Sentivo che era un passaggio obbligato, nel corso della mia vita.

Davvero Gabriel credeva che anche io lo avrei ignorato, con un misto di paura e disgusto? Quanto amaro disincanto vi era in quelle parole, e quanto dolore.

Eppure io sapevo, dentro di me, che diceva la verità. Che forse davvero mi sarei comportata così.

E il suo dolore divenne il mio. Riposi i fogli nella cartella con delicatezza. Desideravo riposare.

Quella notte sognai di annegare; un incubo che ogni tanto si ripresentava nella mia mente ad angosciarmi. In realtà, non era altro che la rielaborazione di un ricordo.

Un lontano ricordo che risaliva alla mia infanzia.

Da piccola, come la maggior parte dei bambini, io avevo una grande passione per gli animali.

Quel giorno, rammento, ero al parco con i miei genitori e a un certo punto, approfittando di una loro conversazione con alcuni conoscenti, mi ero allontanata per raggiungere il laghetto dove c'erano le anatre.

Per vederle da vicino avevo scavalcato la recinzione e nel tentativo di dar loro del cibo, ero scivolata sulla stretta riva fangosa dello specchio d'acqua. I ricordi sono confusi; ma ricordo che anche il fondo era scivoloso, e non riuscivo a rimettermi in piedi. Annaspavo, e non riuscivo ad uscire.

Avrei voluto strillare, per chiedere aiuto. Ma non potevo farlo. Avevo la testa sott'acqua.

Stavo annegando.

Capitolo 17

Riaprii gli occhi mentre le prime luci dell'alba iniziavano a filtrare attraverso lo spiraglio tra le tende alla finestra. Il mio cuore batteva all'impazzata, e i ricordi si affollavano nella mente alterata dalla febbre.

La debolezza e la malattia mi rendevano quasi reale la sensazione di trovarmi sott'acqua e la paura di essere sola, senza aiuto. Ma l'aiuto era arrivato, come per miracolo. Due braccia forti, giusto in tempo, mi avevano tratta fuori dall'acqua. Ricordavo due mani gentili, che mi avevano rianimata. E quella voce, dallo strano accento, che io avrei conservato nel cuore. Le parole, tenere e confortanti, del mio primo vero amico.

Lui, che mi aveva salvata, ebbe meno fortuna di me. Un ringraziamento, pur sincero, asciutto e sbrigativo. E, lo rammento benissimo benché tanti anni siano trascorsi, una offerta in denaro. Che lui rifiutò, decisamente, più con tristezza che con sdegno. Ed io, quegli occhi malinconici non li avrei più dimenticati.

Ci fissammo per un po' in silenzio, mentre la mia piccola mano ancora stringeva la sua. Poi, se ne andò.

Quel giorno la febbre non accennò a diminuire, tutt'altro. Il mio stato peggiorò, inaspettatamente, e il medico dovette optare per un cambiamento di terapia, somministrandomi un altro medicinale. Quella mattina avevo tentato di fare colazione; ma erano trascorsi solo pochi minuti prima che restituissi tutto ciò che ero riuscita ad ingerire.

Dopo alcuni cauti tentativi scoprii che, per fortuna, ero in grado di trattenere del succo di frutta preso a piccoli sorsi. Così, riuscivo a sostenermi e allo stesso tempo alleviavo il senso di arsura che la temperatura provocava.

La sensazione di capogiro andò lentamente scomparendo, e trovai la forza sufficiente per allungare una mano verso la poltroncina rosa che era alla mia sinistra, sotto il vano della finestra. Tirai a me il cuscino che vi avevo poggiato la sera innanzi, e lo sistemai sotto quello sul quale avevo dormito. Avvicinai anche la cartella in pelle scura con gli scritti di Gabriel, per riprendere la lettura.

E ritornai nel suo passato:

«Camminavo. Gli altri non mi vedevano, pensavo, perché non esistevo più. Ero soltanto uno spettro in viaggio verso l'inferno, e ormai non doveva mancare neanche molto.

No, non mancava più molto, ormai. I miei passi si erano fatti d'un tratto lenti. Lentissimi.

Credevo ancora di camminare; ma i piedi, in realtà, non si muovevano quasi più.

Il mio corpo scheletrico era diventato troppo pesante; ed io non riuscivo a spostarlo. Le forze mi avevano del tutto abbandonato. Mi fermai. La strada costeggiava un tratto di antiche mura.

Con l'ultimo residuo di energia che era rimasto, mi andai trascinando in quella direzione in cerca di un riparo, come mi dettava l'istinto. Come fanno gli animali che, prima di morire, vanno a nascondersi. Io mi distesi accanto al muro possente, dietro ad un grande cespuglio.

Gli occhi mi si chiudevano, ma non soffrivo. Adesso non più. Come se un sonno profondo fosse sopraggiunto, per darmi finalmente riposo, mi andavo assopendo.

E questa volta, al mio sonno non si affacciavano mostri; ero pronto, e in pace. Stavo per tornare a casa.

I Romani credevano che nel nome di una persona vi fosse indicato il suo destino. Forse è davvero così. Ed io, come Dante, avevo attraversato l'inferno.

Presto, dopo un periodo di purgatorio avrei trovato il mio paradiso, grazie alla forza sovrumana dell'amore. Perché ho anche il nome di un angelo. Gabriel.

E furono certo un paio di ali potenti a mantenere sospesa la mia anima, perché non cadesse nell'abisso.

Ero, ormai, già avvolto dalle tenebre dell'agonia, quando percepii qualcosa di umido e freddo, sfiorarmi il viso.

Si trattava del naso di un cane. L'animale, di indole assai buona e soccorrevole, guaiva lamentosamente alternando dei latrati di allarme. Dovette, in questo modo, richiamare l'attenzione del suo proprietario, perché dopo un poco ebbi anche la sensazione di una presenza umana.

Per quanto il mio corpo fosse in uno stato di abbandono totale, il cervello era ancora vigile. Non avevo la forza per accennare alcun movimento, né per parlare. Non riuscivo neppure ad aprire gli occhi, ma ero in grado di sentire ogni rumore e spostamento intorno a me. L'umano si chinò per capire se fossi ancora vivo, avvertivo il suo respiro.

Poi un rumore, come se stesse frugando dentro una sacca. Una mano dietro la nuca delicatamente sollevò la mia testa quanto bastava perché potessi bere. Una piccola cannuccia tra le mie labbra versò del liquido, una bevanda dal sapore di frutta. Quasi inconsapevolmente, deglutii. Era buona. Il soccorritore s'avvide della mia reazione, e cercò di farmi bere ancora un sorso. Lo bevvi, e poi un altro.

Bevevo molto lentamente, e lui non mi forzava.

Non saprei dire quanto ci volle; ma finalmente, riuscii a riaprire gli occhi. Vidi, sopra di me, il cielo.

Era completamente azzurro. Pensai che fosse bellissimo, e desiderai la vita.

Un grosso cane, dall'aspetto piuttosto buffo, mi leccò una mano. Accanto c'era un uomo piuttosto avanti con gli anni e dall'aspetto dimesso, anche se non era ridotto male come me. Il suo sguardo esprimeva una sincera preoccupazione e, non appena mi fui ripreso abbastanza da mettere a fuoco i suoi lineamenti, mi rivolse un cenno amichevole.

"Come ti chiami?" Fu la prima cosa che mi disse. Non cosa hai fatto, o perché sei qui. Nessun giudizio, nessuna curiosità. Solo un sorriso di benvenuto. Ed io compresi di non essere più solo.

Pietro era un uomo di piccola statura e piuttosto tarchiato.

Veniva dalla Sardegna, come mi avrebbe raccontato poi, parlandomi spesso della sua bella terra. Mi descriveva con nostalgia la sua isola ed io, attraverso i suoi racconti, avrei imparato ad amarne la bellezza un po' selvaggia.

E quanto avremmo scherzato sul suo nome! Pietro, che non si era presentato al mio cospetto con le chiavi celesti; ma assai più terrenamente, con un succo di frutta di basso costo che, tuttavia, era stato per me dolce come la bevanda degli dei e mi aveva riportato alla luce.

Anche lui era un senzatetto, come me. Anzi no. Pietro un tetto, in un certo senso, lo possedeva. Nella dimensione degli invisibili, si poteva considerare benestante.

Io non avevo davvero nulla; mentre lui possedeva diverse cose.

Quando si ha tutto è difficile, se non impossibile, poter comprendere quanto valore possano avere pochi e semplici oggetti per chi invece non ha niente.

In quello che fu il nostro primo incontro, dunque, lui si presentò come il buon samaritano. Mi offrì da bere, ed io accettai la sua misericordia. Poco a poco, un sorso dopo l'altro, sentii l'energia della vita ricominciare a scorrere nelle mie vene.

Le mani dello sconosciuto erano confortanti e premurose; mi sentivo accudito, come davvero fossi venuto al mondo una seconda volta, e solo allora mi potei rendere conto di quanto fossi sfinito.

Mi lasciai cadere in un sonno profondo e disteso, come sono quelli della prima infanzia. Quando mi risvegliai, non so dopo quanto tempo, vidi che ero all'interno di un luogo chiuso. Dopo che le nebbie del sonno si furono dileguate, realizzai che si trattava di una tenda. Una piccola, comune tenda da campeggio.

Sotto di me avevo un materassino sottile che mi sembrò il più comodo e lussuoso giaciglio del mondo; sopra invece, vi era una coperta morbida e calda. A risvegliarmi era stato il rumore della pioggia che andava picchiettando, con una cadenza monotona e lenta, la superficie esterna di quel mio insperato rifugio.

L'entrata era parzialmente aperta, con un lembo sollevato dal quale potei vedere l'uomo che, senza chiedermi nulla, mi aveva generosamente offerto tutto ciò che possedeva. Era accomodato sopra una seggiolina in legno, di quelle piegabili che si usano per i picnic, al riparo di una tettoia di fortuna fatta di cellophane, che riparava l'entrata della sua dimora.

Doveva piovere a vento, poiché teneva aperto davanti a sé un grande ombrello. Era intento a leggere un libro, e il cane gli stava accucciato accanto, con la testa appoggiata sui suoi piedi. Ogni tanto, dopo aver voltato pagina, il mio salvatore manifestava il suo attaccamento verso il fedele animale con una pacca d'affetto sul dorso. Quell'immagine di tranquilla familiarità mi rese sereno e il fatto che stesse leggendo, con tanto interesse, fu per me una straordinaria e piacevole sorpresa. Pensai che avrei potuto chiedergli in prestito il suo libro, quando lo avesse terminato.

D'istinto, avevo ragionato come se dovessi rimanere lì a condividere i suoi averi che, per quanto pochi e modesti, in quel momento parevano a me un'inestimabile ricchezza.

Mi girai su un fianco, godendo di quel riposo, riscaldato dal tepore rassicurante della coperta. Mi avvidi allora che, sul lato opposto della tenda, era poggiata una piccola pila di libri visibilmente logori e usati. Ne fui assai incuriosito; da sempre, i libri esercitavano su di me un enorme potere di attrazione. Avrei voluto sollevarmi ed allungare la mano per osservarli da vicino; ma ero troppo debole ancora.

Chiusi gli occhi. Dopo un po' mi addormentai di nuovo, con una sensazione di dolcezza che somigliava alla pace.»

Richiusi con cura il quaderno sgualcito, sul quale Gabriel aveva descritto con la sua calligrafia svolazzante le tappe del suo calvario. Il manoscritto era custodito in una busta in cartoncino color crema di ottima fattura, insieme ad altri numerosi fogli sui quali erano appuntati versi di poesia.

Quell'immagine di Gabriel, così debole e infermo sul suo giaciglio, me lo rendeva caro e più che mai vicino a me.

Anch'io ero debole ed ammalata, in quel frangente. Ma la guarigione, lo sentivo, era vicina.

E anche Gabriel sarebbe guarito, nelle pagine successive.

Presi sonno con quel pensiero.

Capitolo 18

Quando mi risvegliai già la luce del tramonto, con i suoi riflessi di porpora, filtrava nella stanza. Era quasi sera. Gabriel quel giorno non s'era fatto vedere. A destarmi era stata la cameriera, con il suo bussare insistente. Radunai le mie forze e riuscii a dirle che poteva entrare.

Insieme a lei c'era il medico, per il controllo serale. Disse che la nuova terapia incominciava a dare i suoi risultati, ma che la febbre sarebbe durata probabilmente ancora un giorno o due. Ma, l'importante era che non salisse troppo.

Le sue parole mi rincuorarono e lo ringraziai, facendogli promessa di starmene buona buona fino a quando i sintomi della malattia non fossero regrediti completamente.

Dopo che si fu congedato, la cameriera mi avvicinò un vassoio. La mia cena.

Ricordai che quel giorno non avevo mangiato nulla, e mi sforzai di ingerirne almeno una parte. Mandai giù, con una certa cautela, qualche cucchiaiata di minestrina.

Era buona. Mangiai anche metà della mozzarella che era nel vassoio. Quando questo venne ritirato, venni a sapere che nel pomeriggio Gabriel era passato per farmi visita. Poi però, poiché aveva saputo che le mie condizioni erano peggiorate e che avevo bisogno di riposo assoluto, se n'era andato. Ma sarebbe tornato all'indomani.

Mangiare mi aveva fatto bene ed anche il farmaco, che il medico mi aveva somministrato, faceva il suo effetto. Ma non avevo voglia di guardare la tv; preferivo proseguire la mia lettura.

Tornai con lo sguardo alle parole di Gabriel:

«Mi girava la testa, ero debolissimo. Tentai di sollevarmi, senza riuscirci. Sembrava che ogni minimo movimento mi dovesse costare una fatica immensa.

L'uomo, che stava leggendo fuori dalla tenda, si accorse dei miei spostamenti e si affacciò all'interno. "Allora, ti sei svegliato? Bene." Raccolse qualche cosa che era sotto la sua sedia e si affacciò nuovamente. "Tieni, ti devi nutrire. Bisogna essere forti."

In brevissimo tempo mi ritrovai sollevato, con la schiena poggiata sopra un cuscino e lo stomaco pieno a sufficienza da farmi stare decisamente meglio. L'oggetto raccolto da Pietro era un thermos, dal quale aveva versato una sorta di caffellatte in una piccola tazza azzurra di plastica.

Mi aveva aiutato a mandarlo giù, insieme ad alcuni grossi biscotti che aveva estratto da un sacchetto. Me ne aveva dati quattro, inzuppandoli per me, ed altrettanti ne aveva presi per lui.

"Dobbiamo farceli bastare almeno per un paio di giorni", disse rivolgendomi lo sguardo e facendomi comprendere che non ero obbligato ad andare via. Potevo rimanere.

Avevo trovato un posto dove stare, con un uomo che si era dimostrato un vero amico e un buon cane. Avrei voluto tanto esprimergli tutta la mia gratitudine, se solo mi fosse riuscito di trovare le parole e la forza di pronunciarle. Ma forse i miei occhi riuscirono a comunicargli il mio stato d'animo, perché Pietro rispose al mio sguardo facendomi un cenno di assenso.

Rispetto al lato d'entrata, il giaciglio sul quale riposavo era collocato sul lato destro. Alla mia sinistra vi era invece una cassa, con l'apertura ribaltabile, di medie dimensioni e piuttosto allungata. All'interno della piccola cassapanca il proprietario doveva tenere, supponevo, i pochi indumenti che possedeva e qualche altro oggetto di un certo valore. Essa fungeva anche come piano d'appoggio. Sopra il suo coperchio era infatti sistemata una sveglia colorata, con dei disegni di buffi animali. Una sveglietta da bambino. Da un lato mancava un pezzetto dell'involucro di plastica rossa, ed aveva un piedino scheggiato. Per il resto, tuttavia, era perfettamente funzionante e il suo leggero ticchettare mi faceva compagnia, donando un'aria di casa a quella che era soltanto una piccola tenda. Essa, in quel momento, era per me un vero angolo di paradiso.

Accanto alla sveglia v'era una piccola lampada e all'altro capo della panca, vedevo delle stoviglie. Un piatto, con un bicchiere poggiato al suo interno e la piccola tazza azzurra di plastica, dalla quale avevo bevuto. C'era anche quello che doveva essere stato un portapenne, e che ora serviva a contenere delle posate. Osservavo tutti quegli oggetti, con l'incanto di un bimbo.

Nell'angolo sinistro invece, dopo la cassa, si trovava una scatola di plastica come quelle che si usano per conservare indumenti o altro. Lì, il mio benefattore teneva riposte le sue provviste.

Accanto, era la piccola pila di libri che, per prima, aveva attirato la mia attenzione. Tra i libri e la scatola, a terra, era poggiato un fornelletto da campeggio.

"C'è tutto l'occorrente per poter sopravvivere", pensai. E questo pensiero penetrò dentro di me come un balsamo di miracolosa potenza. Con una sensazione di quiete, tirai su fino al mento la coperta, e mi abbandonai nuovamente al riposo.

Durante le notti precedenti non avevo quasi chiuso occhio,

sia per il disagio e il freddo, che per paura di poter essere aggredito. Mentre scivolavo, in serenità, tra le braccia di Morfeo, benedissi con tutto il cuore la grande generosità dell'uomo che mi aveva, fraternamente, soccorso in quel momento di supremo bisogno.

La sua figura bonaria si intravedeva, appena fuori, con il fedele cane accanto. Non avevo più paura, adesso. C'era qualcuno, con me.

Doveva essere trascorsa qualche ora quando mi ridestai, svegliato da alcuni rumori all'interno della tenda. Era il mio sconosciuto amico. Stava per metà affacciato dentro, e rimestava nella scatola che vedevo davanti a me.

Ne estrasse un barattolo di legumi e un apriscatole. Mi disse che era passato mezzogiorno, e dovevamo metterci qualcosa nello stomaco.

Sistemò il fornello sopra un rudimentale sostegno che con ogni probabilità si era costruito da solo, e scaldò il nostro pranzo. Con gentilezza, riempì il piatto e me lo porse, mentre lui mangiò direttamente dal pentolino.

Mangiammo con avidità; lui seduto davanti alla tenda ed io accoccolato sul giaciglio, a gambe incrociate. Avevo indosso, soltanto allora me ne accorgevo, degli indumenti puliti e in buone condizioni. Anch'io, dovevo essere stato lavato e pulito, in qualche modo.

L'uomo sembrò leggermi nel pensiero. "I tuoi abiti erano in uno stato disastroso. Sono riuscito ad infilarti il calzone di un pigiama e una maglia di lana per tenerti al caldo. Eri semincosciente, e ti ho lavato come meglio ho potuto, con dei panni bagnati. L'acqua qui non manca. A pochi passi, c'è una fontana."

Stavo per esprimergli la mia riconoscenza, ma ancora lui

mi anticipò, facendomi cenno con il capo come a dire che non ce n'era bisogno.

"Eri molto debole. Se io non t'avessi trovato, non penso che ce l'avresti fatta. Grazie al Cielo, però, sono arrivato in tempo. Quel maglione a me non andava bene, sono troppo basso; ma a te andrà a pennello, quando ti sarai rimesso un po' in carne. Coraggio, mangia."

Non riuscivo quasi a credere a quanto stava accadendo, stavo forse sognando? O poteva essere vero che qualcuno si fosse accorto di me, della mia esistenza, e adesso se ne stesse prendendo cura solo per un senso di umanità? Sì. Forse stava accadendo davvero, mi dissi, perché l'uomo mi sorrideva e parlava come se mi conoscesse da sempre.

"Me l'ha regalato tempo addietro un'anziana signora che stava portando degli indumenti per i poveri in Parrocchia, dall'altro lato della strada. Io l'ho accettato; perché prendo sempre quello che mi viene offerto con gentilezza. Ma non l'ho indossato quasi mai." Sorrise."Evidentemente, dovevo tenerlo per te."

Scoprii che Pietro, così disse di chiamarsi, era provvisto di una fede religiosa profonda e sincera. Era davvero un bravo cristiano, in ogni senso. Teneva sempre, con sé, una coroncina per dire le preghiere, rinvenuta sul bordo di un marciapiede in uno dei momenti più bui della sua vita. Era rimasto solo, mi raccontò, dopo che la moglie era morta a causa di una terribile malattia.

Le cure avevano richiesto una ingente quantità di denaro; tutto ciò che possedevano era stato venduto. Pietro aveva speso fino all'ultimo soldo e, per starle accanto, non aveva più potuto lavorare. A lui di questo, però, non importava; avrebbe fatto qualsiasi cosa perché lei si salvasse.

"Eravamo soltanto noi due", mi spiegò.

"Tutto ciò che avevamo eravamo noi stessi, e ci bastava. Io avevo lei e lei aveva me; ci volevamo veramente bene. Poi, per me, è stato solo il buio."

Sapevo fin troppo bene, purtroppo, cosa intendesse dire.

Raccontò di come si trovasse, disperato, a vagare sotto la pioggia battente imprecando contro il suo angelo poiché lo aveva abbandonato.

Lui credeva nella esistenza degli angeli custodi, e nella loro presenza. Si pentì, immediatamente, della sua ira e supplicò il Cielo di dargli in qualunque modo un segno di vicinanza, in quel momento di totale sconforto. Qualche cosa che potesse rimetterlo in comunicazione con la sua anima.

Aveva perso la fede, questo egli credeva nel suo dolore e chiedeva che, almeno quella, gli potesse essere restituita. Non appena ebbe terminato di formulare quella preghiera, la sua attenzione fu richiamata da un piccolo rosario, che era poco avanti ai suoi piedi. Nell'istante stesso in cui si chinò per raccoglierlo, con meraviglia e gratitudine, sentì rinascere nel proprio cuore la speranza.

"Fu il mio nuovo inizio", affermò con pacata dignità. "Sì, quel piccolo oggetto fu la prima cosa, e la più importante, per poter ricostruire un futuro e proseguire la mia vita. E da allora è per me una fonte inesauribile di conforto."

Mi sorrise e, con una mano sulla mia spalla, proseguì:

"La serenità apre la mente, la rende lucida e attenta. Le cose cominciano ad andare meglio. Perciò, ricordalo, non abbatterti. L'importante è trovare la forza di andare avanti, un piccolo passo alla volta con il cuore sereno."

Io lo ascoltavo; nel buio gelido che mi aveva circondato, le sue parole erano una luce che scaldava il cuore.

"Ti sentirai sempre meglio, e sarai grato alla vita per ogni piccola cosa che ti verrà data, perché ti accorgerai che non è mai così piccola", diceva Pietro.

Ed aveva ragione. La sua voce amichevole e calma era un balsamo per le mie ferite.

In quel minuscolo ed umile angolo di mondo, racchiuso dentro una tenda, la paura e l'angoscia della solitudine sembravano già così lontane, confinate nei giorni passati. Mi sentivo a casa.

La tenda, Pietro l'aveva comprata di seconda mano, con quello che aveva ricavato dalla vendita degli ultimi oggetti di un qualche valore che gli erano rimasti: i gemelli con brillanti indossati per il suo matrimonio, un braccialetto e un anello d'oro, che gli erano stati donati quando era un bambino. Ricordi portati addosso come prova tangibile del suo passato, fin quando non aveva deciso che era giunto il momento di iniziare un futuro.

Insieme alla fede, Pietro aveva ritrovato il suo equilibrio interiore ed aveva stabilito che fosse ora di procurarsi un riparo. La bella stagione stava ormai volgendo al termine, e lui non avrebbe potuto continuare a dormire, ancora per molto, su una panchina.

Poi, un giorno, gli capitò un colpo di fortuna. Accanto a un cassonetto per i rifiuti, qualcheduno aveva lasciato uno scatolone che conteneva vecchi libri e numerosi fumetti, in buono stato e ben composti. Evidentemente, desiderava disfarsene; ma era stato così gentile da non gettarli via in modo che qualcun altro, se avesse voluto, avrebbe potuto prenderli.

Gli era già capitato di vedere cose di quel genere. A volte si trattava di giocattoli oppure oggetti dismessi, vecchi o con qualche difetto, che venivano lasciati a disposizione.

Aveva già trovato in questo modo, un ombrello, robusto e di buona qualità, al quale mancava un pezzetto di manico.

Non ci pensò su due volte e, facendo ricorso a tutta la sua forza, sollevò lo scatolone con libri e fumetti prendendone possesso. Non stava più nella pelle, per la soddisfazione. Quello era per lui un vero tesoro.

Ben presto, però, si rese conto che non poteva andarsene in giro in quel modo. La scatola pesava. Non sapeva come fare, e quasi temette di essere costretto a rinunciarvi.

Se solo avesse avuto un posto dove nasconderli, pensava.

A un tratto, la sua attenzione fu attirata da un cespuglio di grandi dimensioni, che poi scoprì essere composto da due affiancati, al di là della strada. Erano ubicati su un lembo di prato, a poca distanza da un tratto di cinta muraria.

Attraversò. Poi attese che non passasse nessuno, il che non richiese troppo tempo poiché era domenica e quella zona era costituita in prevalenza da uffici.

Si appartò dietro la macchia di vegetazione, che celava agli sguardi una piccola porzione di terreno racchiusa tra i due cespugli e l'andamento sinuoso delle antiche mura che proprio in quel punto avevano un ingrossamento, dovuto alla vicinanza di una Porta urbana.

Decise di nascondere la sua preziosa scatola dietro ai due cespugli e, quando fu lì per farlo, si rese conto che stando in quel punto era totalmente coperto dall'altezza dei rami, che lo rendevano invisibile all'esterno.

Allora, con il denaro ricavato dalla vendita degli oggetti comprò a un mercato dell'usato, che si teneva la domenica, quella tenda.

Era vecchiotta e un po' rattoppata, ma in condizioni più che buone secondo il suo giudizio. Soprattutto per quanto riguardava le sue possibilità.

Alla fine, era riuscito a far includere nel prezzo anche un materassino e due sacchi a pelo, anch'essi ovviamente di seconda mano.

Quando gli chiesi come facesse a tirare avanti, lui rispose con un certo senso di orgoglio che lavorava.

Cosa faceva? Leggeva.

"Il mio lavoro consiste nel leggere. Io leggo. I libri mi sono sempre piaciuti, fin da bambino. Ho letto tutta la vita solo per la passione di farlo; adesso leggo per passione ed anche per i soldi. Il mio passatempo è diventato anche il mio lavoro".

Era andata così: dopo aver trovato la scatola con i libri ed i fumetti, decise di recarsi presso un negozio di libri usati per vendere quelli che lo interessavano di meno. Gli altri li avrebbe invece tenuti per venderli in un secondo tempo, dopo averli letti.

Fece dunque una cernita e ne diede via circa la metà. Con il guadagno potè comprare cibo a sufficienza e generi di prima necessità da tenere come scorta, per i giorni meno fortunati. Ebbe così una dimora fissa, o qualcosa che vi si avvicinava, e si abituò presto a quel luogo che il destino aveva scelto per lui.

A poca distanza sul fronte opposto della strada, si trovava una bella chiesa piuttosto grande ed imponente. Nei pressi dell'edificio, lungo un ampio marciapiede alberato, erano collocate alcune panchine.

Pietro prese a trascorrere gran parte del giorno seduto su una di quelle panchine, intento a leggere. In breve tempo divenne per lui una gradevole abitudine. Gli piaceva il via vai dei passanti. Per la maggior parte, si trattava di persone ben vestite e bene educate, professionisti ed impiegati che lavoravano in zona.

Quella era una delle parti più eleganti della città, sede di molti uffici prestigiosi. Le case che vi sorgevano erano per gente, se non propriamente ricca, sicuramente benestante. Lui se ne stava al suo posto, tranquillo. Essere tra gli altri lo faceva sentire in compagnia ed allontanava la solitudine. All'inizio lo aveva fatto solamente per quello, di mettersi a leggere. Per trascorrere il suo tempo in modo piacevole e poter stare sulla panchina tutto il tempo che voleva. Non chiedeva elemosine, non dava fastidio a nessuno. Leggeva. Inoltre, e per lui non era affatto un dettaglio trascurabile, si trovava a pochi passi dalla chiesa. Ogni tanto si avvicinava e andava a pregare davanti alla piccola edicola sacra che era ubicata un pochino più avanti, in una nicchia ricavata nel muro del giardino parrocchiale.

Alle volte entrava. Stava sempre attento ad essere pulito e vestito con decenza e decoro sufficienti, in modo che la sua presenza non fosse mai imbarazzante. Se c'era una cosa a cui mai avrebbe rinunciato, quella era la propria dignità. "Non esiste veste più ricca", mi diceva.

"La dignità è l'abito migliore che si possa avere indosso".

Ciò mi fu di insegnamento e di grande conforto. I miei passi erano stati condotti, dalla pietà divina o dalla sorte, nella giusta direzione.»

Capitolo 19

Dalla pietà divina o dalla sorte, aveva scritto Gabriel. Come quando le sue mani premurose mi avevano tratta in salvo, mentre stavo annegando.

Si ricordava di me? No, non pensavo.

Non avrebbe potuto riconoscere in me, una giornalista che intendeva scrivere di lui, quella bambina terrorizzata che aveva portato fuori dall'acqua. Era una cosa accaduta tanto tempo addietro, in quella che per lui adesso doveva sembrare un'altra vita. Ormai passata.

Oppure no?

Ciascuno si porta dentro il suo mistero, mi aveva detto una volta. Chissà se dentro il 'suo' mistero avevo un posto anch'io.

Lui, nel mio mondo segreto, in quella interiorità nota solo a me stessa, un posto lo aveva di sicuro.

Prima o poi, avrei cercato di dirglielo.

La febbre era più lieve rispetto ai giorni precedenti, stavo meglio. Ebbe modo di constatarlo anche il medico, durante il suo controllo. Mi raccomandò, tuttavia, di restare ancora quella giornata, come le due successive, a riposo.

Quando se ne fu andato, provai comunque ad alzarmi. La testa mi girava però, e non andai molto lontano.

Mi avvicinai soltanto alla finestra per dare una sbirciatina fuori. Scostai la tenda e mi si presentò un cielo grigiolino e un po' nebbioso.

Durante il pomeriggio, quando probabilmente Gabriel mi avrebbe fatto visita, avremmo magari potuto prenderci un tè insieme. Nel frattempo, non mi sarei annoiata. Mi misi a sedere sul letto, con la schiena appoggiata su due cuscini, e ripresi la cartella in pelle che conteneva il manoscritto per proseguire la lettura dal punto in cui l'avevo interrotta:

«Dopo un paio di giorni trascorsi al riparo confortevole della tenda, mi ero ristabilito, per quanto le mie condizioni lo potevano consentire. Il che significa che stavo in piedi ed ero anche in grado di muovere qualche passo, per breve tempo. Una mezz'oretta o giù di lì.

Poi, sentivo le forze iniziare ad abbandonarmi e tornavo alla tenda che rappresentava ormai, per me, una vera e propria casa. La mia casa.

Nella mia precedente esistenza, quando insegnavo, ero una persona molto órgogliosa e non avevo mai chiesto né voluto aiuto. Da nessuno.

Ma la vita cambia le persone. Adesso che vivevo un'altra vita ed ero rinato in una differente collocazione, l'orgoglio lo avevo messo da parte come si fa con un vecchio oggetto che ormai non serve più.

Quando si ha necessità, l'aiuto che viene offerto, se mai viene offerto, è un'autentica benedizione. Un dono che non si può, che non si deve rifiutare. Ed io avevo accettato, con amicizia sincera e con profonda riconoscenza, quella mano che mi era stata tesa.

Del poco che possedeva, Pietro mi aveva offerto tutto.

Ciascuna cosa si divideva a metà, senza nemmeno dirlo e senza porre domande. Per me ciò era moltissimo, una vera ricchezza. Significava la sopravvivenza.

Così in quei primi giorni, quando mi sentivo stanco e cioè molto presto, ritornavo sui miei passi e andavo in cerca del mio benefattore.

Lui era sempre lì, non distante dalla chiesa, a leggere su una panchina. Mi fermavo a parlare con lui. Mi sedevo accanto, e accarezzavo il vecchio Billy, che era un cane buffo e grosso, frutto di un imprecisabile incrocio di razze. Billy era vecchio e pieno di acciacchi; ma aveva un'indole docile e affettuosa. Era un animale buonissimo.

"Hai un cuore d'oro, proprio come il tuo padrone." Di tanto in tanto, questo pensiero mi attraversava la mente, mentre mi fissava con i suoi occhi miti e adoranti.

In breve tempo mi accorsi, non senza stupore, che quella di Pietro non era un'esistenza solitaria. Aveva intorno a sé molte persone. Quella figura un po' romantica di clochard dignitosamente vestito, seppure con abiti logori, e tanto amante della lettura, suscitava simpatia.

E, in effetti, evocava un personaggio un po' retrò, da pellicola in bianco e nero. Era benvoluto, dalla gente dei dintorni. In molti lo salutavano con un cenno della testa o lo guardavano soltanto, sorridendogli.

Non gli lasciavano soldi. Come mi aveva già detto, lui non chiedeva elemosine. Ma poiché adorava leggere, e passava la gran parte del suo tempo in quella occupazione, un libro non lo rifiutava mai.

La cosa era ormai nota; così invece di dargli del denaro, gli portavano dei libri. Ogni tanto si vedeva qualcuno, un uomo distinto in giacca e cravatta, oppure qualche anziana signora, che si avvicinava per consegnargli uno o più libri usati. Ovviamente si trattava di libri non di pregio, per la maggior parte edizioni economiche. Ma se era fortunato, capitavano anche volumi di un certo valore. Magari libri che non erano piaciuti, o si erano ereditati e non si sapeva dove mettere.

I libri che, per qualsiasi ragione, venivano scartati dagli

altri, erano la sua fortuna. Lui li accettava con gioia, e li metteva da parte per leggerli. Ne aveva sempre almeno una decina, ben impilati nell'angolo della tenda.

Dopo averli letti, li rivendeva in quei mercati dell'usato che si tenevano, un paio di volte al mese, nei paraggi. Con il ricavato, comprava lo stretto necessario per tirare avanti.

Accettava anche abiti e scarpe, che gli venivano regalati dai familiari di uomini ai quali ormai non servivano più, e ringraziava sempre con tutto il cuore per quello che gli veniva offerto. Viveva grazie alla generosità di tanti, pur non chiedendo nulla.

Quello dunque era il suo lavoro: Pietro era un lettore.

Dopo essermi trattenuto con lui, me ne tornavo poi alla tenda. Sempre con prudenza, avendo l'accortezza di non dare nell'occhio. Lì mi sdraiavo sul mio sacco a pelo; il materassino lo avevo lasciato a Pietro, nonostante tutte le sue proteste.

Io però non mi potevo prendere tanto.

Gli dovevo già tantissimo. Non volevo approfittarmi di lui. Per poter dormire in due nella piccola tenda, la sera, Pietro doveva spostare la cassapanca, mettendola davanti all'ingresso, al riparo del telo di cellophane dove il nostro Billy faceva la guardia.

Man mano che i giorni passavano stavo sempre meglio, e per diverse ragioni. La prima tra tutte è che consumavo dei pasti regolari, anche se assai frugali.

La mattina, avevamo sempre una tazza di quel caffellatte preparato da Pietro col fornelletto da campeggio. Acqua calda e latte in polvere, con l'aggiunta del caffè prodotto con una piccola moka dal manico spezzato, uno dei tanti oggetti ritrovati da Pietro accanto ai rifiuti. La bevanda era accompagnata sempre da due o tre biscotti, oppure qualche avanzo di pane, se ne avevamo. Al mio amico i biscotti piacevano molto; ne comprava sempre un nuovo sacchetto, di quelli a buon mercato, quando finivano.

Se non aveva denaro, andava a vendere un libro di quelli già letti, e li comprava. Ai biscotti proprio non rinunciava, e in questo modo per fortuna avevamo sempre del cibo assicurato.

Poi mangiavamo nel primo pomeriggio, di solito, quando Pietro lasciava la panchina per tornare alla tenda. Il nostro vitto era composto soprattutto da pane ed uova. Il pane lo pagava a metà prezzo, a volte anche meno, prendendo quello che rimaneva la sera, prima della chiusura. Riusciva ad avere anche della pizza, ogni tanto, con questo stesso sistema.

Quando poi gli capitava di vendere un libro un po' più costoso degli altri e il suo piccolo margine di guadagno aumentava, prendeva delle confezioni di cibo in scatola: fagioli, lenticchie. Ed anche qualche scatoletta di tonno, o di sardine. Nella scatola delle provviste, con il sacchetto dei biscotti, avevamo sempre del caffè e latte in polvere, insieme a qualche confezione di cibo. Pietro era un uomo assai previdente.

"Nel caso io dovessi stare poco bene", mi disse una volta, "ci sarebbe comunque da mangiare per qualche giorno."

Gli ero veramente grato, avrei desiderato potermi rendere utile in qualche modo. Avere anch'io un lavoro. Così, un giorno dissi a Pietro che mi sarebbe piaciuto fare qualcosa per ricambiare l'ospitalità, e lui rispose che ci avrebbe riflettuto.

Io intanto, rimessomi completamente, avevo ripreso le mie lunghissime passeggiate e ne ero felice. Camminare mi era sempre piaciuto molto, ed era una delle mie attività favorite anche 'prima'. In quella vita lontana, che avevo lasciato alle mie spalle.

Era una delle pochissime cose che avevo conservato; di una gran parte dell'esistenza precedente, non mi restava nulla che un vago, sfocato ricordo. Come i frammenti della trama di un sogno, che si rammenta di aver fatto ma le cui immagini vanno via via sfuggendo. Chissà, forse era bene così. I ricordi più vivi, quelli più nitidi, erano anche i più dolorosi.

Questi arrivavano di notte, sotto forma di incubo, come un astuto nemico che mi volesse sorprendere alle spalle, mentre dormivo e non ero in condizione di opporre alcuna difesa. Tenute a bada dalla mia mente durante le ore della veglia, in modo che non soffrissi, le immagini della vita di quell'altra persona, che io ero stato, tornavano confuse a riaffacciarsi.

Immagini violente, scene di dolore e di morte, confuse ai ricordi radiosi dell'infanzia e della prima giovinezza. Esse prendevano corpo, e si manifestavano nelle mie visioni notturne, come tanti fotogrammi di vecchi filmati montati a caso, senza un apparente nesso logico che vi si potesse cogliere nell'immediato.

Quando a mente fredda analizzavo ciò che mi restava di quegli strani spezzoni, quelle immagini di situazioni tanto diverse tra loro, vi ritrovavo delle sorprendenti analogie con qualcosa che era dentro di me. Nascosta nel profondo, ma viva. La mia memoria.

Allora, come d'incanto, i pezzi del rompicapo andavano ciascuno al suo posto, e tutto tornava.

Tutto tornava.

Era la mia vita, quello che ero stato, che avevo visto. Che avevo provato.

Tutto ciò che avevo vissuto, fatto a pezzi e sezionato con arte. Ne avrei col tempo compreso la ragione.

Tutte le impalcature, sulle quali la mia esistenza era stata impostata e che l'avevano sorretta fino alla mia età matura, erano state smontate.

Non mandate in frantumi, come allora avevo creduto; ma completamente smontate. Decostruite, pezzo per pezzo, in modo da essere successivamente ricomposte, in un ordine completamente diverso.

Tra gli incubi e i tormenti, sprazzi di luce e di serenità si affacciavano ogni tanto nei miei sogni, ed erano proprio essi la causa maggiore della mia sofferenza. Perché nella dimensione onirica, io tornavo nella mia città.

Vi camminavo ben vestito e curato, come si conviene a chi occupi una buona posizione sociale. Nella mia mano destra, l'inseparabile borsa in pelle con gli appunti per la lezione e, immancabilmente, dei libri. Carta e penne. Tutto quanto necessiti a chi insegna.

Poi giungevo all'Università. All'ingresso e per le scale, tutti mi salutavano. Entravo nella mia aula, spaziosa e ben illuminata dalla luce chiara del mattino.

Le voci dei ragazzi erano tutto intorno a me, ed io potevo udirle con una tale chiarezza come se non fosse vero, non potesse essere vero, che mi trovavo steso dentro un sacco a pelo. Per terra, con indosso vecchi abiti non miei, sotto una tenda malconcia nascosta dietro a due grandi cespugli.

Debole e infreddolito. In una città lontanissima da tutto ciò che avevo conosciuto e amato. Solo, dall'altra parte del mondo, dove non ero più nessuno.

Non ero più nessuno.

Mi risvegliavo, a volte, destato dalla pioggia che batteva sul telo gommato della copertura, sotto la quale riposavo.

Ero insieme al mio unico amico, quel tenace lettore a cui dovevo la vita. Allora per un breve tempo tra il sogno e la veglia, in quello stato intermedio di coscienza, io rivedevo la mia stanza con la sua elegante carta da parati in stile inglese. Mi trovavo a casa, nel mio letto. Era stato solo un orribile sogno.

E poi riaprivo gli occhi in quello spazio angusto; uno dei lembi d'entrata parzialmente sollevato, e l'odore del caffè preparato sul fornelletto per la bevanda del mattino. Pietro mi porgeva la tazzina e i biscotti da inzuppare, o un tozzo di pane raffermo.

Allora tutto il resto svaniva nel nulla, come se non fosse mai esistito. Io ero lì, profugo ed esule.

Per mia grandissima fortuna, avevo incontrato qualcuno che, nonostante avesse sopportato gravi avversità, aveva conservato in sé tanta umana misericordia, da farsi carico anche della mia miseria.

Credo che tutti noi, prima o dopo, ci troviamo ad essere profughi o esuli in questa vita.

In fuga da qualcosa, o da qualcuno.

Oppure da noi stessi. Tutti siamo profughi, prima o poi.

Forse in esilio volontario, lontano dal disincanto e dalle delusioni del mondo. Perché tutti, nessuno escluso, siamo destinati a perdere qualcosa o qualcuno.

E tanti perdono tutto.

Allora le anime vagano, nel buio della solitudine, battute dal vento gelido dello sconforto. Piovono lacrime amare, ed è pioggia fitta, in quel viaggio che tutti, prima o dopo, siamo costretti ad intraprendere.

Per questo, perché nel viaggio del dolore si è tutti uguali, si dovrebbe sempre coltivare la pietà quale bene prezioso, da spendere al momento opportuno.

Una mano amica, un riparo dove poter ricominciare. La vita riesce sempre ad offrire una opportunità a chi non si chiude nella disperazione. E tuttavia, esiste una sola cosa in grado di fugare via le tenebre dall'anima, e riportarvi la luce splendente della gioia. Quella gioia per cui tutti siamo stati creati.

No, non si tratta di ricchezza o di potere. Non parlo di onori e di agiatezza. Quella luce meravigliosa, l'unica vera luce della vita, è l'amore.

Quello che voglio dire, quello che io so, è che siamo stati creati per amare. L'amore è l'origine del nostro percorso nel mondo, il mezzo di trasporto della nostra anima, e la nostra destinazione.

Per questo, senza di esso noi siamo persi. Tutto il resto non conta.»

Gli squilli insistenti del telefono di camera, appoggiato sul comodino, mi costrinsero ad interrompere la lettura.

Era già l'ora del pranzo, e mi avvisavano che il pasto era pronto. Erano in procinto di portarlo su, sempre che io lo volessi.

Non avevo appetito; ma decisi che fosse meglio osservare le raccomandazioni del medico. Mi aveva consigliato di mangiare cibi leggeri ma nutrienti, per rimettermi al più presto. Perciò, sebbene con scarso entusiasmo, accettai.

Capitolo 20

Contrariamente a quelle che erano state le mie previsioni, 'spazzolai' quasi tutto il cibo che mi era stato portato in camera, senza alcuno sforzo. Era stata messa insieme una certa varietà di pietanze, tutte assai gustose e in piccole porzioni. Verdure soprattutto, con alcuni assaggini di uova e formaggi freschi. Alcune tartine, ed uno sformatino di riso in bianco con zucchine e gamberetti. Tutto veramente appetitoso.

Ero fortunata, me ne rendevo conto. Mangiai, grata per tutto quello che avevo a disposizione, senza lasciare che qualcosa potesse andare sprecato. Ciò che avanzava, lo avrei tenuto per cena. La storia di Gabriel faceva riflettere.

"C'è tanta gente, al mondo, che muore di fame. In troppi non hanno nulla, o troppo poco." Quante volte sentiamo dire, oppure diciamo, frasi del genere. E quasi sempre sono appropriate, molte volte persino sincere.

Ma se ne comprende davvero il senso?

Pensavo a Gabriel, con il suo tozzo di pane raffermo. Se ne aveva. Pensavo a Pietro, con la sua carica di profonda umanità, così altruista da porgere a un altro la metà del suo cibo. Ogni volta che ne aveva.

L'unica cosa importante è l'amore, aveva detto Gabriel.

Bisogna coltivare la pietà come un bene prezioso.

Tutto il resto non conta. E per un gesto di umana pietà, io sono ancora viva. Perché un giorno lontano un uomo, con l'accento straniero e gli abiti consumati, ha avuto un gesto d'amore per me.

Gettandosi a soccorso di una bimba, che stava annegando senza che nessuno se ne fosse accorto. Ed io a quell'uomo, tanto diverso da tutte le persone che avevo conosciuto, alle sue mani premurose e gentili, ho voluto subito bene. E, ne sono certa, anche lui a me.

Tutto il resto non conta.

Ripresi, sfogliandoli con delicatezza, gli scritti di Gabriel. Avevo imparato a riconoscere alla perfezione i caratteri della sua scrittura. Riuscivo persino a capire quando era emozionato, mentre tracciava i segni che descrivevano i suoi pensieri.

Su alcuni fogli, ero sicura, vi erano tracce di pianto. E lì era scritto in maniera disordinata, quasi contratta, come in uno spasmo dettato dall'intensità del sentimento. Potevo già indovinarlo, che vi parlasse di lei.

Tornai dove prima avevo lasciato il racconto. Era passata meno di un'ora, ma sembrava molto più tempo. Pareva già buio; il cielo era interamente ricoperto da spesse nuvole scure e adesso pioveva a dirotto.

Ricominciai a leggere:

«In quei giorni, solo una luce illuminava la mia esistenza, per il resto circondata dalle tenebre dell'emarginazione e dal senso profondo di scoramento che ne derivava, e quella luce era l'amicizia. Ma era un sole pallido, sebbene fossi appieno consapevole che senza di essa non ce l'avrei fatta, a sopravvivere.

I giorni si susseguivano lungo un binario tranquillo fatto di semplicità, nonostante la quotidiana lotta per garantirsi quel minimo indispensabile a tirare avanti. Avevo un buon amico e un buon cane, che mi accoglievano e mi restavano affettuosamente vicino.

Tra di noi si divideva il poco che avevamo a disposizione con solidarietà fraterna. Anche al fedele Billy cercavamo, infatti, di non far mancare mai il necessario.

Ora avevo, perlomeno, un punto di riferimento. Un posto al quale tornare. In altre parole, qualche cosa che per me rappresentava la mia casa.

Questa fu la prima cosa veramente essenziale. Dopo ebbi anche un lavoro, anzi due. Come promesso, Pietro ci aveva riflettuto e, nel giro di qualche giorno, si era pronunciato.

Poiché, come aveva constatato, a me piaceva trascorrere il tempo camminando per la città quanto a lui piaceva farlo con la lettura, aveva pensato che proprio questa passione potesse diventare anche il mio lavoro.

Esattamente come aveva fatto lui con la lettura. Io trovai che il ragionamento non facesse una piega, ma in quale modo avrei potuto metterlo in pratica?

Il mio bonario amico si spiegò, fissando il viso rotondetto e gli occhi arguti su di me, con voce da cospiratore. Quel che avrei dovuto fare, come prima cosa, al fine di rendere le mie giornate in qualche modo fruttuose, consisteva nel camminare, andando in giro senza alcuna fretta. Perché il mio compito sarebbe stato quello di guardare attentamente.

"Non hai idea di quante cose si possono trovare, se si ha la pazienza di cercarle", disse Pietro.

Dalla cassa più grande, quella dove teneva i suoi pochi indumenti e un paio di vecchie coperte, estrasse un piccolo scrigno. Era grazioso, in legno laccato di rosso con sopra due stelle alpine dipinte; ma aveva un fianco scheggiato.

"Anche questo, vedi, l'ho trovato" disse Pietro, ma io già lo avevo capito. "Era in una scatola insieme a dei vecchi giocattoli, accanto ai raccoglitori per l'immondizia. Avrei potuto prendere anche i giocattoli per rivenderli al mercato degli oggetti usati. Ma ho preferito lasciarli lì, per qualche bambino che non si potesse permettere di averne di nuovi; siamo in tanti, purtroppo, ad essere poveri."

Gli sorrisi con affetto, era veramente una brava persona. Una tra le migliori che avessi mai conosciuto.

Con lo scrigno tra le mani, lui proseguì:

"Per me ho preso questo. Era proprio quello che faceva al caso mio, per tenerci qualcosa."

Lo aprì per mostrarmi il contenuto. Un pennello da barba, un rasoio ed una piccola forbice. Aghi e filo per rammendi.

Guardarmi attorno e cercare, sarebbe servito soprattutto a impegnare, almeno un po', la mia mente tormentata. Pietro era un uomo saggio.

La mia seconda attività, assai più sedentaria ed anche più semplice rispetto alla precedente, avrebbe però apportato subito una nota di miglioramento alla nostra esistenza. Si trattava di sorvegliare il nostro piccolo accampamento, per permettere a Pietro di allontanarsi senza preoccupazione.

Lui praticamente non si allontanava mai dalla sua tenda, se non per andare, una o al massimo due volte al mese, a vendere i libri per guadagnarsi il pane.

Lasciava il fidato Billy a guardia della tenda che era tutto il suo mondo; ed ogni volta si incamminava a malincuore, con il timore che qualche malintenzionato potesse fare del male al cane ed impossessarsi dei suoi pochi averi.

Per questo stava sempre nei pressi della chiesa, dall'altro lato della strada, dove i due cespugli erano ben visibili. Era a un forno lì vicino, che comperava il pane all'orario della chiusura. Tutto il resto lo trovava in un minimarket appena dietro l'angolo.

Oltre il primo crocevia, quasi dirimpetto alla posizione in cui ci trovavamo, inoltre, vi era un bar. Al suo proprietario era d'uso regalare a Pietro, quando ogni tanto acquistava un po' di latte fresco, un paio di cornetti del giorno avanti e qualche giornale.

Adesso, la mia presenza gli avrebbe invece consentito di spostarsi. Avrebbe potuto anche spingersi fino al mercato di quartiere, che si trovava a pochi minuti di cammino. Vi sarebbe andato poco prima della chiusura, quando i banchi venivano puliti. Bastava soltanto aspettare che la merce scartata e gli avanzi della pulitura venissero posti presso la raccolta dei rifiuti; un modo semplice per procurarsi frutta e verdura senza spendere nulla.

Fino a poco tempo prima del mio arrivo, Pietro aveva già avuto degli amici. Erano una coppia, marito e moglie, di mezz'età. Si erano accampati non lontano dalla sua tenda, in una tiepida sera di maggio.

Avvicinatisi alle mura in cerca d'un posto tranquillo dove potersi coricare per la notte, avevano avuto modo di vedere che vi era già una presenza umana. Proprio per questo, si erano fermati. Per non sentirsi completamente soli. Degli ottimi vicini, mi diceva Pietro, quieti e silenziosi.

Anche loro come me, in pratica non possedevano nulla, o quasi. Ciascuno dei due, portava con sé un grosso zaino, dove teneva i suoi indumenti e degli utensili. Per dormire avevano i sacchi a pelo, che la sera sistemavano sopra uno strato di cartone sul terreno.

La prima sera, si erano avvicinati a Pietro per presentarsi e fargli sapere che non sarebbero stati di alcun disturbo. E lui che era di buon cuore, li aveva immediatamente accolti con grande cordialità e aveva diviso con loro il suo cibo di quella sera, insieme ad una scatola di fagioli.

Poi aveva preparato il caffè; dopo tutto, si trattava di una occasione straordinaria.

Lo aveva offerto ai suoi nuovi amici, insieme ai biscotti, conquistando la loro gratitudine esattamente come avrebbe poi meritato la mia.

Per ricambiare la sua ospitalità, dopo un paio di giorni, i due si erano presentati con della frutta un po' ammaccata che, ripulita delle parti rovinate, si era rivelata saporita e gustosa.

Era così venuto a conoscenza del mercato. I due coniugi vi andavano quasi tutti i giorni, a turno, in modo che l'altro rimanesse a sorvegliare le loro cose. Pietro era felice di averli vicino. Si sentiva meno solo, e più sicuro.

Poi però, mi disse con un'espressione di malinconia sul volto, avevano dovuto lasciare quel ricovero a cielo aperto.

Era iniziato l'autunno con le sue piogge copiose. Durante i temporali estivi, il brav'uomo li aveva fatti riparare sotto il telo impermeabile che era all'ingresso della tenda.

Ma successivamente, man mano che l'inverno si andava avvicinando con le inevitabili intemperie, compresero tutti che quella situazione non sarebbe stata sostenibile ancora per molto. Dopo un periodo di ricerca, i due erano riusciti a trovare un'altra sistemazione. Questa, perlomeno, anche se si trattava solo di un rifugio e non di una casa, era al coperto. Avevano trovato posto giù al fiume.

Sotto le volte dei ponti, e nei tratti più riparati lungo tutto il corso sinuoso del fiume, sorgevano piccoli insediamenti umani. Erano formati da abbozzi di abitazioni, fatti con materiali di fortuna: tavole di legno, pezzi di lamiera, teli di plastica. Le case degli invisibili.

Esse ed i loro abitanti esistevano, sì; ma come in un'altra dimensione. Presenti nel mondo, ma in un diverso piano dell'esistenza, confinato, che nessuno voleva vedere. E che per questo nessuno, o quasi, vedeva.

Ti parlo di queste persone poiché, per gli imprevedibili intrecci che la vita a volte dispone, essi avrebbero avuto un ruolo cruciale nella mia storia.

Ebbi modo di conoscerli presto. Venivano, ogni tanto, a trovare Pietro. Lui, come ho detto, non si allontanava mai troppo dalla tenda. Così, essi chiesero a me di ricambiare la visita, recandomi all'accampamento sul fiume dove era la loro nuova dimora. Ed io, che amavo camminare ed ero curioso di conoscere altri luoghi della città, accettai senza esitazione.»

Capitolo 21

Conservo in me il ricordo di quei giorni passati come si tengono a volte, nel tempo, le tracce di un sogno vissuto nel profondo. Serbo nella mia mente l'atmosfera ovattata di quella stanza d'albergo che, per un periodo breve ma importante della mia vita, è stata la mia casa.

La casa.

Essa può essere in molti luoghi, come una vecchia tenda da campeggio condivisa fu in un certo tempo per Gabriel.

Rammento, a tal proposito, che gli chiesi una volta se fosse felice di avere finalmente una casa propria. Una casa vera, intendevo dire. E rammento bene ciò che lui rispose, fissandomi con aria sognante.

«La mia casa è dentro i suoi occhi. Adesso, come allora.»

I suoi occhi.

Io so, in che modo Gabriel li guardasse. Ero soltanto una bambina, allora, totalmente all'oscuro della gioia sublime e del tormento struggente della passione.

Eppure, con quell'acume profondo che è proprio dell'età più acerba e forse proprio in virtù dell'assoluta trasparenza dell'anima, ero in grado di percepire i suoi sentimenti. Pur senza decifrarne completamente la natura, io ne avvertivo tutta l'intensità.

Ne ero affascinata. Io sapevo che l'uomo, da cui ero stata salvata, e per il quale nutrivo un riconoscente affetto, non era solo. Li vedevo, sebbene essi cercassero accuratamente di non dare nell'occhio.

Li osservavo.

E vedevo, come gli occhi scuri di lui bruciassero, tutte le volte che cercavano lo sguardo chiaro di lei.

Milioni di stelle, parevano allora sprizzare dalle pupille nere dell'uomo, poveramente vestito con abiti lisi, quando passeggiava al fianco della sua dama. Lei era bellissima, nei suoi abiti ricchi ed eleganti.

Sembrava un angelo che, per pietà, si accompagnasse a un dannato. Eppure, quando i due si parlavano, e quando i loro sguardi si incontravano, tutte le differenze sparivano.

Come per magia, divenivano parte di un unico insieme.

Allora, erano bellissimi entrambi. Ai miei occhi e al mio cuore di bambina, apparivano come una principessa con il più valoroso dei suoi cavalieri, coraggioso e fedele.

Perdutamente preso di lei.

Le apparenze non avevano alcuna importanza. Io avevo avuto modo di conoscere il coraggio e la nobiltà d'animo di quell'uomo. Lo vedevo come un antico cavaliere capace di sopportare con dignità la sua sfortuna.

Invero, un ritratto di Gabriel assai somigliante. Come poi, molti anni dopo, avrei avuto modo di constatare.

Ma allora, tutto ciò che di lì a poco sarebbe avvenuto, non poteva in alcun modo essere previsto. Il delitto feroce, l'accusa e la fuga. L'arresto, la condanna.

Anni di carcere col marchio infamante dell'assassinio. E poi all'improvviso, la confessione di un altro uomo.

Il vero assassino. Così banale, in fondo. Tanto facile, da apparire incredibile.

Era stato lui, Del Brasco. Il datore di lavoro della povera ragazza. Una storia fin troppo scontata. I due avevano una relazione, e la moglie avrebbe dovuto restarne all'oscuro, ovviamente. Ma la segretaria aveva altre ambizioni e si era fatta pressante. Troppo pressante.

Come del resto accade spesso, in questi casi. Voleva che lui parlasse a Clelia, oppure lo avrebbe fatto lei stessa.

Già, perché l'ironia della sorte volle che il vero autore del delitto per cui il povero Gabriel fu preso per colpevole, fosse proprio il marito della donna che lui amava.

Quale orribile e crudele gioco era stato ordito dal destino, a spese di chi aveva già perduto tanto?

Gabriel possedeva soltanto la sua libertà, la dignità del suo essere e la gioia immensa di quell'amore innocente.

Gli fu tolto anche quello. Gli venne tolto tutto.

Come potevo, come avrei potuto immaginare che a quel mio amico, a quell'uomo così dolce, sarebbe capitato tutto questo...

Perché Gabriel non si era difeso?

E per coprire, poi, quello che era il suo rivale. Perché non aveva odiato colui che dalla vita aveva avuto fin troppo?

Talmente tanto, da non saperne nemmeno apprezzare il valore. Un uomo che avrebbe meritato tutto il disprezzo.

Ma Gabriel, lo aveva salvato. Aveva voluto così. Aveva preferito raccogliere sulle proprie spalle tutto il peso del fango, l'ondata rabbiosa del rancore che lo avrebbe escluso da tutto.

Era come se avesse scelto la propria morte. E lo aveva fatto con serenità. Si era consegnato docilmente all'arresto.

Era rimasto inspiegabilmente muto ed assente al processo, ed aveva accettato con indifferenza la sua condanna.

Quale coraggio poteva spingere un uomo a incamminarsi di sua volontà verso l'abisso, quale coraggio?

Oh, io lo sapevo. Fin da allora, lo sapevo.

L'ho sempre saputo. Il coraggio sovrumano dell'amore.

Era per lei. Era stato per lei, per lei.

Tutto per lei.

Io l'ho sempre saputo, che il cavaliere triste avrebbe fatto per la sua principessa qualsiasi cosa. Potevo leggerlo nei suoi occhi, ogni volta che la guardava.

Ma avevo bisogno di sentirlo dalla sua voce. Sì, volevo sentirlo da lui.

Era per questo che lo avevo cercato.

Ricordo quel pomeriggio di primavera come fosse ieri. Io ero ancora ammalata, nella mia stanza d'albergo.

Stavo leggendo la storia di Gabriel, scritta per me dalle sue mani.

Avremmo dovuto vederci, quel giorno. Sentivo, però, che fuori stava impazzando un tempaccio e pensai che avrebbe preferito rimandare la sua visita.

Invece arrivò nel primo pomeriggio, proprio come aveva promesso, mentre infuriava una vera tempesta. Era zuppo di pioggia; ma mi sorrise, come faceva sempre.

Chiese di usare un asciugamano, per levarsi di dosso un po' di umidità. Annuii, e gli dissi di togliersi la camicia, o si sarebbe preso un malanno.

«Se ti ammali anche tu, non potrai più venire a trovarmi.»

Lui rispose con un cenno affermativo.

Si tolse l'indumento bagnato e, dietro mio suggerimento, indossò la casacca di un mio pigiama, presa in un cassetto, strizzandomi l'occhio in segno d'intesa.

La casacca gli stava stretta, ed era corta di maniche; ma almeno era di una sobria tonalità di blu, con dei quadretti beige. «Sono abbastanza ridicolo da tirarti su il morale?» mi disse, cercando di mascherare la sua apprensione.

Io non ci cascai. Ormai lo conoscevo troppo bene.

«Non ti devi preoccupare, il medico dice che adesso va meglio. Oggi la febbre è scesa.»

Vidi il suo viso distendersi. «Allora il nuovo farmaco sta facendo effetto? Bene.»

Mi sfiorò la fronte con un bacio.

«Sei sempre la mia bambina, lo sai vero?»

Gli strinsi la mano. «Sì, lo so.»

Rimanemmo così per un poco. La mia mano nella sua, come quando mi aveva tirata su dall'acqua del laghetto, da piccola.

Poi, finalmente, trovai il coraggio.

«Allora ti ricordi di me...»

«Anche tu non mi hai dimenticato, no?» fece Gabriel.

Io tacqui continuando a fissarlo, e lui comprese che non mi sarei accontentata.

«Lo sapevo che eri tu a cercarmi, fin dall'inizio. Ancora prima di vederti. Ti aspettavo.»

Compresi allora come mai contro ogni previsione, avesse accettato di incontrarmi.

L'uomo sembrò leggermi nel pensiero.

«Ho voluto incontrarti, per la stessa ragione per cui tu mi hai cercato. Siamo legati l'uno all'altra, come parti di una stessa storia.»

Era esattamente così.

«Ma, scusa, come hai fatto a capire che ero proprio io?»

Si alzò e andò alla finestra.

Dopo un breve silenzio, si voltò e tornò lentamente verso di me. Accostò la poltroncina rosa al letto. Sedette.

«Dal nome. Ho riconosciuto il tuo nome, Alice.»

«Ma...come facevi a conoscerlo? Allora non te lo avevo mica detto.»

Ero sicura. Non avevo detto il mio nome all'uomo che mi aveva salvata.

«Fu tua madre quando ti richiamò a sé. Ricordi?»

Ricordavo. Ricordavo benissimo, purtroppo.

«Mi fissava disgustata, come temendo che avessi potuto trasmetterti una pericolosa malattia. Vieni via, Alice. Stai lontana da quello! Diceva una cosa così.»

Nonostante il lungo tempo trascorso, io ero ancora molto dispiaciuta.

«Mi spiace tanto Gabriel, ma cerca di capire. Non è stata mai una persona cattiva, mia madre. Ma sai, aveva qualche pregiudizio. Forse ne abbiamo tutti. Mio padre, però, ti espresse i suoi ringraziamenti...»

Gabriel aggrottò la fronte con aria severa. «Già, cercando di infilarmi due o tre banconote in tasca. Non le accettai. Ero assai povero, ma non sono stato mai un miserabile. Mi sarebbe bastato soltanto un grazie detto con il cuore. Ma, comunque, per merito di tuo padre conobbi anche il nome della vostra famiglia.»

A quel punto ero veramente curiosa. Lo interruppi.

«E in che modo?»

«Semplice. Un signore distinto si avvicinò, accennando un inchino all'indirizzo di tua madre. Salutò tuo padre con una cordiale stretta di mano, e chiamandolo con il vostro cognome. Aveva l'aria di essere un militare in pensione, a giudicare da come si muoveva impettito, nonostante fosse leggermente claudicante.»

Ero stupefatta dallo spirito d'osservazione del mio amico, e dalla sua arguzia. «Sì! Era il nostro vicino. Complimenti, Sherlock Holmes.»

«Mi piace osservare» rispose lui.

Dunque avevamo scoperto le nostre carte.

Per la verità, io le mie non ancora del tutto. Ma lo avrei fatto ben presto. La storia si andava snodando sempre più spedita.

E noi, come aveva detto Gabriel, eravamo parte di essa. Vidi che aveva chinato il suo sguardo sui fogli sparsi sul letto. Stava cercando di capire a quale punto fossi arrivata. Lo informai. E lui spiegò come fosse un punto cruciale della vicenda, il punto di svolta. Perché fu andando verso il fiume che, senza saperlo, corse incontro al suo destino.

La via gli venne insegnata dall'amico di Pietro, che gli mostrò così come ricambiare le visite. Lui memorizzò quel percorso senza troppa difficoltà, e promise di farsi vivo al più presto.

Al di là del fiume, sorgeva un elegante quartiere che si affacciava sul grande parco. E in una di quelle lussuose dimore, un villino d'epoca, viveva una donna dagli occhi azzurri come il mare.

Gabriel si sarebbe inoltrato in quel vasto giardino, nella magia dei suoi percorsi incantati. Quel luogo si accordava in modo particolare alla natura poetica del suo carattere, come alla sua vena romantica.

Lì, il suo spirito d'artista cominciò a rifiorire. Lì, i suoi occhi, ingordi, cercarono di imprimersi la bellezza sublime di tutte le essenze rare e dei fiori che vi si affollavano, per dimenticare la bruttezza della realtà quotidiana in cui erano costretti.

Fu proprio lì che un giorno, i suoi occhi si posarono sulla distesa turchina di quelli di lei. E in quel mare, come l'eroe di un antico poema, lui s'inoltrò senza ritorno.

Capitolo 22

Splendida Stella

In questa sera
di maggio
in questa notte
di pioggia
in questo cielo
magnifico
che spande
profumo d'amore
io vedo
solo il tuo viso
lo vedo
stagliarsi nel blu
a illuminarmi
il cuore
come la cosa più bella,
splendida stella.

Tu brilli da lassù
e sei così distante
dagli occhi
innamorati
dell'anima mia persa
illuminata
del tuo fulgore
saranno gli occhi miei
una finestra
nel firmamento
aperta su di te
da eterno sentimento.

Non mi perdonerai
non ha pietà
l'Amore
tu ti vendicherai
per ogni sguardo
dato
moltiplicando
all'infinito
questa dolcezza
che ho nel cuore
per ogni mio pensiero
tu non mi darai
pace
questo io già lo so.

Volteggeranno
mille farfalle
nel cielo
e intorno a me
soave tenerezza
le guiderà nel blu
lontano lontanissimo
fin dove splendi tu
ed anche questa notte
starà l'anima mia
così davanti a te
innamorata e sveglia
ad ammirarti
come la cosa più bella
fino a bruciarsi
gli occhi.

Splendida stella.

La storia del suo amore per Clelia, la appresi da Gabriel direttamente. Dalle sue stesse labbra ripresero vita, come in un viaggio a ritroso nel tempo, quegli antichi giorni in cui io ero soltanto una bambina e lui il valoroso cavaliere innamorato della sua principessa.

Ma la vita non è come le fiabe, e quel dolcissimo sogno d'amore si sarebbe presto scontrato con il lato più oscuro del mondo reale, virando verso le tinte cupe dell'angoscia e del dolore.

A nessuno, tuttavia, è dato conoscere il proprio futuro.

Perciò la sua storia, come tutte le storie d'amore, nacque e visse nei primi tempi tra i colori delicati della speranza, rosei e chiari come quelli di un'alba radiosa.

In quel pomeriggio lontano, mentre fuori imperversava la tempesta, Gabriel diede inizio alla sua narrazione con una domanda:

«Tu vuoi sapere di lei, di noi... non è così?»

«Sì.» Non dovetti aggiungere altro.

Gabriel iniziò:

«Quando cominciai ad allontanarmi dalla tenda, secondo il consiglio di Pietro, ero ancora debole e confuso.

Dovetti abituarmi a un cielo diverso da quello che avevo conosciuto sempre, da che ero nato. Un'altra luce, ed altri suoni; anche l'odore del cibo non era quello della mia terra nativa. Ero all'altro capo del mondo.

Differente l'aria che respiravo, e nella quale io mi sentivo come una cosa fuori posto. Ero uno straniero.

Uno straniero anche rispetto all'uomo che ero stato. Ma chi ero diventato? Io non lo sapevo, e invano mi guardavo attorno in una muta richiesta d'aiuto.

Pareva che tutti avessero un luogo ove recarsi, e faccende

da sbrigare con estrema premura. Tutti avevano un posto ben preciso in quel mondo, proprio come lo avevo avuto io nel mio. In quel momento però, mi trovavo imprigionato in una specie di limbo. Privo di una identità sociale. Privo di tutto. Era come se il tracollo della mia pur rispettabile esistenza mi avesse catapultato, al pari di un malvagio incantesimo, in una dimensione parallela a quella reale.

E il limite tra i due mondi appariva invalicabile. Da dove mi trovavo io, era possibile vedere gli altri. Infatti, io li osservavo. Ma mi accorgevo che loro non vedevano me. Qualcuno, ogni tanto, dava un segno della sua attenzione scansandosi. E in quella piccola deviazione, effettuata con infastidito disprezzo, era contenuta tutta la mia solitudine.

Camminavo con passo veloce, perché non pensassero che volessi chiedere l'elemosina. Avevo ancora la mia dignità.

Giù al fiume, insieme agli amici di Pietro, vivevano altri poveretti. Cercavano di aiutarsi a vicenda, per riuscire a tirare avanti un giorno di più, con il pochissimo del quale disponevano. Sconfitti dalla vita, erano relegati ai margini della società, e ne raccoglievano le briciole.

Tale compagnia non mi giovava, poiché non faceva che accrescere il senso di isolamento che mi pesava addosso come una cappa di piombo.

Un giorno mi spinsi oltre il fiume, verso una vasta distesa di verde. Si distinguevano, da lontano, le alte chiome degli alberi ed io puntai in quella direzione.

Mi trovai a traversare delle belle vie eleganti, sulle quali si affacciavano imponenti palazzi e case assai signorili. Il cuore si strinse per la commozione, preso da un senso di familiarità con quei luoghi.

Anche se i miei occhi li conoscevano per la prima volta, essi mi rammentavano per molti versi quelli in cui ero nato e cresciuto, nella mia antica vita.

M'inoltrai nel giardino, come fosse un eden incantato.

Ricordai come mi dilettassi a dipingere. Erano frammenti di memoria, che tornavano in superficie dall'abisso.

Amavo, rammentai, i fiori e le farfalle.

E mi piaceva molto leggere. Avevo letto una infinità di libri. Ero uno studioso.

Ricordai il sorriso di mia sorella. I dispetti, gli abbracci.

"Vediamo chi dei due corre più veloce!" Ed era corsa via. Era andata via, troppo veloce.

Mi ritrovai a piangere. Ero solo. Con quel dolore pesante nel cuore, mi sedetti su una panchina quasi accasciandomi. Ero rimasto solo.

Ricordi, che mi erano stati risparmiati a lungo, tornavano ora senza preavviso. E insieme ai ricordi, prendeva corpo anche la terribile consapevolezza del mio stato. Per tanto, troppo tempo, mi ero trascinato nella sopravvivenza, quasi fossi un animale.

Ora però mi rendevo conto della mie condizioni, come se mi fossi risvegliato da un incubo.

Ma comprendevo, al tempo stesso, che quel brutto sogno non aveva via d'uscita. E stavo così, con lo sguardo perso nel vuoto, nella completa disperazione.

La gente passeggiava con indifferenza lungo il viale; i bambini giocavano, i cani correvano scodinzolando.

Nessuno faceva caso a me.

Finché, a un tratto, mi accorsi di essere osservato.

No, non semplicemente osservato. Guardato, con estrema attenzione.

Avevo, dritti nei miei, due splendidi occhi azzurri.

Restai impietrito. Non era possibile.

Appartenevano ad una persona di bellissimo aspetto. Sì, era una donna incantevole, quella che mi stava fissando.

Procedeva con lentezza, continuando a guardare nei miei occhi, come se volesse leggervi tutto di me.

E, con mia grande sorpresa, quando s'avvide che anch'io la fissavo, letteralmente stregato da lei, non distolse il suo sguardo. Continuò invece a guardarmi per tutto il tempo, passandomi accanto, e mi diede persino l'impressione di andare avanti quasi a malavoglia.

Mi trovai sul punto di scattare in piedi, per andare verso di lei; avrei voluto seguirla per poterle rivolgere la parola.

Ma non potei farlo, per lo stesso motivo per cui lei non si era fermata. Non era sola. Dovetti rinunciare, lasciare che si allontanasse. Che andasse via.

Che portasse via il suo sguardo.

Mi sentivo male. Il cuore e l'anima si ribellavano.

Le sarei corso dietro. Perché adesso, senza quell'azzurro, nulla aveva più importanza per me.

Restai ad aspettare, magari sarebbe tornata. Attesi fino a che scese la sera. Niente.

Quella notte non riuscii a prendere sonno.

Rivedevo i suoi occhi, continuamente.

E in quella trasparenza azzurra si dibatteva senza posa il mio cuore, incantato.

Quale malìa misteriosa s'era impossessata di me?

Continuai a pensare a quell'incontro inatteso, che tanto mi aveva colpito, anche nei giorni seguenti.

L'anima ne era sconvolta, e non voleva rassegnarsi.

"Passerà," mi dicevo. Credevo che col passare del tempo il ricordo si sarebbe sbiadito. Ma non fu così.

I giorni passavano, ed io non dimenticavo. Non riuscivo a dimenticarla. Al contrario, invece, le fattezze del suo viso andavano prendendo corpo sempre più nei miei pensieri.

Provavo un senso di doloroso rimpianto per aver lasciato che si allontanasse, senza che le rivolgessi parola. Sebbene lo sapessi perfettamente, che erano state le circostanze ad averlo impedito, pure, non riuscivo a perdonarmi.

Non mi davo pace.

Avrei dovuto alzarmi e andarle incontro, ad ogni costo, anche a costo di sembrare un pazzo.

Fu così che trascorsero le prime settimane, nella dolcezza del suo ricordo e nel timore angoscioso di averla persa per sempre.

Cosa potevo fare per rivederla, come potevo ritrovarla?

Mi si spezzava il cuore.

Chissà se lei si ricordava di me. Avrei fatto qualunque cosa per poterglielo chiedere.

"Ti ricordi di me? Spero di sì. Perché vedi, il tuo sguardo mi ha trafitto l'anima. Ed ora io ti appartengo."

E avrei voluto chiederle anche:

"Perché mi guardavi così?"

Già, come mai, lei così bella, di classe ed elegante, aveva colto il mio sguardo?

Aveva letto nella mia solitudine, come in un libro aperto.

Se solo avessi potuto parlare con lei...

Un giorno, non potei lasciare la tenda. Fu una giornata di temporali, a cominciare dall'alba. Restai seduto, assieme a Pietro, sotto il telone che proteggeva l'ingresso.

Anche Billy se ne stava a dormicchiare, accucciato sotto le nostre gambe. Pietro leggeva uno dei suoi libri, mentre io osservavo la pioggia che veniva giù dal cielo.

Con il romanticismo proprio degli innamorati, mi pareva che fossero lacrime. Lacrime di un pianto d'amore. Il mio amico mi teneva d'occhio con una certa preoccupazione, da un po' non avevo più appetito. E dormivo troppo poco. Il brav'uomo temeva che avessi avuto una ricaduta. Come potevo spiegargli di che male soffrivo? Restavo in silenzio.

A un certo punto, per distrarmi, Pietro ebbe un'idea. Tirò fuori da una busta alcuni giornali. Erano vecchi di qualche giorno. Li aveva avuti in regalo al bar, l'ultima volta che aveva comprato il latte.

Li accettai per non offenderlo, ed iniziai a sfogliarne uno senza troppa convinzione. Dopo un po', arrivai alla pagina dedicata alle notizie di arte e cultura. Una rapida occhiata bastò, perché il cuore incominciasse a battere forte, come fosse impazzito. Si parlava di uno spettacolo, organizzato per beneficenza. L'articolo era corredato da alcune foto e, in una di esse, appariva lei. *Lei*.

Non so per quanto tempo restai a fissare quell'immagine, senza fiato. Era lei. E nella didascalia sottostante, potevo anche leggere il suo nome. Clelia.

Lo pronunciai senza parlare, nella mente, ed i miei occhi si velarono di lacrime.

Sei lettere, che da quel momento, ebbero per me il suono e il significato più dolce.

Clelia. La felicità e l'amore avevano quel nome.

Dunque esisteva davvero, non si era trattato di un sogno.

Nell'articolo si parlava di suo marito, del suo prestigioso studio legale ubicato nella splendida cornice di un villino in stile liberty che era, al tempo stesso, anche la residenza dell'elegante coppia.

La casa di Clelia.

Ora sapevo, dove poterla rintracciare. Potevo mettermi in contatto con lei, le mie preghiere erano state ascoltate.

Forse anche le mie speranze si sarebbero realizzate. Per nulla al mondo avrei sprecato questa seconda occasione; no, non avrei mai più permesso che la paura, la timidezza, il riserbo e le convenzioni sociali mi facessero rinunciare per poi macerarmi nella nostalgia e nel rimpianto.

No. Non avrei taciuto, questa volta. Le avrei detto quello che avrei desiderato dirle nell'istante stesso in cui i nostri occhi si erano messi gli uni negli altri.

"Sei la meraviglia del creato. Ti amo."

Decisi pertanto di scriverle, e le scrissi, con tutto l'amore che avevo in corpo ed ancor infinitamente di più di quanto avrei mai pensato di possedere dentro di me.

Oh, quanti! Chissà quanti nelle pieghe infinite del tempo, e prima di me, hanno intriso di stille della propria anima dei semplici fogli di carta. E quanti saranno ancora dopo, fino all'eternità.

Parlare d'amore. Dire l'Amore.

Come si fa? Quanto è difficile poter spiegare io t'amo.

Io ti amo.

La mano tremava ad ogni sillaba, e l'oscuro pensiero che probabilmente lei non avrebbe mai letto quanto le andavo scrivendo con tenerezza infinita, diveniva a tratti l'unico rimedio al mio tormento.

"Lei non leggerà. Posso scriverle quello che voglio. Tutto quello che vorrei dirle, se solo lo potessi.

Tutto l'amore del mondo.

E ancor di più, ancora di più di tutto l'amore che esiste."

Il cuore dettava, veloce, velocissimo, parole dolcissime e forse senza senso. Intellegibili soltanto per noi due. Perché sapevo, se lei avesse letto, che le avrebbe comprese.

Ne ero certo.

Avrebbe compreso, solo lei, l'esatto significato di tutte le parole, dettate dall'emozione profonda della passione.

Mentre scrivevo, d'un tratto, mi sfiorava il pensiero che forse i suoi occhi si sarebbero veramente posati sopra quei segni, tracciati per lei dal mio cuore innamorato.

Era questa possibilità, l'idea di una semplice possibilità, a darmi la forza di sopravvivere. La speranza di un futuro.

Pensavo sempre ai suoi occhi, alle sue mani adorate che avrebbero forse tenuto quel foglio tra le dita, così eleganti e belle. Forse proprio quel foglio, che io stavo toccando, ci avrebbe uniti. Così scrivevo.

E mentre scrivevo, la mia anima volava nella luce radiosa della felicità. Tutte le brutture del mondo, le sue ingiustizie e le disparità non esistevano più. La miseria, le sofferenze, non contavano più niente ormai.

Scrivevo per il mio Amore, e di quello vivevo come di un nettare fatato. Ogni possibile amarezza si allontanava, e tutto intorno a me era soltanto pace. Scendeva in silenzio dal cielo una pioggia di petali fragranti, e bianchi come le ali degli angeli.

Come le farfalle. O, forse, era la neve di quell'inverno, come appariva ai miei occhi accecati d'amore.»

Capitolo 23

All'improvviso Gabriel interruppe il racconto, come se si fosse repentinamente ricordato di qualcosa d'importante. Si alzò, guardando l'orologio, e rindossò la camicia. «Cosa c'è, devi andare già via?» chiesi, senza tentare di nascondere il mio disappunto. Proprio adesso, che la storia era diventata così interessante... Gabriel scosse la testa, con un sorriso. «Ma no, no. È ora che tu prenda la medicina, semplicemente. Farò portare su del tè e qualcosa da mangiare, se per te va bene.» disse, andando verso il telefono.

«Certo, va bene» risposi, senza troppa convinzione.

«Devi prendere la medicina, così potrai rimetterti. Dopo proseguirò a raccontarti, stai tranquilla.» Evidentemente, Gabriel aveva colto l'esitazione nella mia voce. «Ma prima devi mangiare» proseguì, come fossi ancora una bimba.

Mantenne la sua promessa. Dopo aver bevuto una buona tazza di tè, accompagnato da una porzione di crostata alla frutta, ed essersi accertato che avessi assunto il medicinale, il mio amico poeta riprese a narrarmi del suo amore:

«Non immaginavo si potesse amare così, desiderare tanto il bene di qualcuno. Potrei dire che l'amavo più della mia vita. Ma non sarebbe esatto.

Lei 'era' la mia vita.

Era l'Amore. Lontano, forse irraggiungibile per me.

Ma se il suo sguardo chiaro avesse incontrato la luce del sentimento che provavo, ci saremmo trovati anche noi.

I sentimenti non hanno un corpo, non hanno spessore. Ma hanno una potenza straordinaria. Passano ovunque.

Così, se le sue mani care avessero sfiorato quei fogli che, con il loro messaggio le portavano il bene più grande e profondo, ci saremmo sfiorati anche noi.

Le nostre mani si sarebbero incontrate, nella dimensione del vero amore. E, nel nome di un sentimento tanto vero e sincero, non si sarebbero lasciate mai più.

Quelle parole appassionate, insieme ai miei versi d'amore avrebbero eluso le differenze sociali.

Sarebbero andate oltre qualsiasi distanza. E ci saremmo stati solamente noi due.

Così pensavo, ed ero felice. Pensavo a tutte quelle sillabe, messe assieme con dolcezza infinita, con la speranza che potessero percorrere per me quel divario tra di noi, che ci separava come un fossato invalicabile.

Se fossero giunte realmente fino ai suoi occhi, anche il mio cuore avrebbe seguito lo stesso cammino, ed io sarei stato tra le sue mani. Per l'eternità.

"Se i tuoi occhi color del mare leggeranno queste parole, il mio desiderio si sarà realizzato.

Io ho scritto questo. Volevo dire, ti amo più della mia vita.

Se queste mie parole conosceranno la gioia di specchiarsi nell'azzurro incantevole del tuo sguardo, esse saranno per sempre benedette e fortunate. E con esse, sarà benedetta e fortunata anche la mia anima, di cui le mie parole sono la voce. E lo sarò anch'io che, nella mia anima, così vivrò.

Perché credo che noi viviamo veramente, soltanto quando la nostra anima è riflessa negli occhi di chi abbiamo più caro. Allora, infinite stelle si accendono nel cuore. E tali risplenderanno nel mio petto, attraverso i tuoi occhi."

Le avevo scritto così. Le avevo detto questo.

Le avevo dedicato poesie.

Scrivevo con il cuore, col desiderio disperato di riuscire ad esprimere almeno un pallido riflesso, di tutto l'amore che io provavo. Ma le parole non bastavano mai.

Non ne avrei trovate mai di sufficienti, per dare corpo a una tale immensità. Perché ormai, dentro di me, non vi era null'altro che sentimento. Tutto era amore.

Io non sapevo nemmeno, a quell'epoca, se lei leggesse le mie lettere; se le ricevesse. O se, ricevendole, le gettasse via senza degnarle nemmeno di uno sguardo. Era il mio tormento. Quando pensavo questo, il mondo mi appariva come un luogo buio di solitudine e desolazione. Ma, non appena le fattezze amate del suo volto si affacciavano nella mia mente, bastava un attimo perché tutto risplendesse nuovamente intorno a me. Come quando, nel cielo incerto della primavera una nube oscura il sole, all'improvviso, e svanisce poco dopo restituendo il sereno.

Io le volevo bene.

Quanto bene, le volevo. Avvolgevo i suoi passi, nella mia mente, di protettiva adorazione. Con il pensiero, le inviavo una quantità di delicate carezze. Ma non pensare che io mi fossi messo in testa qualcosa.

Clelia apparteneva a un mondo diverso dal mio, lontano e irraggiungibile per me. Io lo sapevo bene.

Ma pensavo che in fondo, andasse bene così. Io ero felice della sua vita. Immensamente. Non avrei mai voluto che lei conoscesse la tristezza del mondo desolato in cui io mi trovavo. Sapevo perfettamente che il mio aspetto dimesso, con le scarpe vecchie e gli abiti usurati; i capelli incolti e la disperazione nello sguardo, mi rendevano incompatibile con il suo modo di vivere.

Andava benissimo così; non pretendevo la sua attenzione. Almeno, così fu all'inizio. Non volevo, poiché l'amavo veramente, che lei si avvicinasse al confine netto che ci separava ineluttabilmente.

No, non potevo desiderare che conoscesse la miseria e il suo dolore, il gusto amaro del fallimento e dell'esclusione.

Perché, di queste cose, era fatta la mia esistenza.

L'invisibilità a cui ero condannato era in questo caso una cosa buona. Garantiva che lei non potesse addentrarsi in quel territorio nebbioso e ostile, nel quale io ero costretto a rimanere.

Io mi limitavo a guardare al di là della barriera che era tra noi due, costituita da insormontabili differenze. Le barriere invisibili, costituite dallo stato sociale e dalle convenienze, sono davvero le più ardue da superare.

Più resistenti e spesse di qualsiasi fortezza.

Un muro invalicabile, era tra me e la metà del mio cuore.

Io, semplicemente, l'ammiravo. Per i miei occhi, era la più splendida creatura esistente.

L'essere più bello del mondo.

Ogni volta che aspettavo di vederla, e poi appariva per la mia gioia infinita, l'anima saliva in alto, oltre il cielo.

Oltre le stelle, verso altezze inimmaginabili.

Quando invece passava del tempo, e i miei occhi amanti non riuscivano a posarsi sulla sua persona, precipitavo in un baratro più profondo dell'inferno.

Sentivo il cuore, annegare. Annaspava, senza fiato, tra i flutti d'un oceano in tempesta, battendo follemente nel mio petto nella più cupa disperazione.

Poi, il respiro si chetava e i battiti del cuore ritrovavano la pace, quando mi rendevo conto che l'abissale distesa di mare, era il colore trasparente dei suoi occhi meravigliosi.

Io amavo tutto di lei. Amavo la sua vita brillante.

Ero felice per tutto quello che il destino le aveva donato, anzi, desideravo costantemente che il suo benessere e la sua gioia si accrescessero.

Desideravo, e con tutta la mia anima, che il suo sorriso risplendesse per sempre, come un astro di luce potente con il quale potermi orientare. Con i suoi occhi e il suo sorriso a illuminarmi la vita, per povera che fosse, io non mi sarei più perduto. Questo, era per me.

L'amavo in silenzio, guardandola da lontano allo stesso modo in cui si possa guardare, con gli occhi rivolti al cielo, una stella di immenso splendore.

Con medesimo incanto, e con uguale innamorato stupore.

Ero invincibilmente attratto dalla mia stella, e me stavo lì ad ammirarla rapito da tale trionfo d'armonia e di bellezza.

Non pensavo mai che potessi avvicinarmi a lei, se non nei miei pensieri. Nei miei sogni, invece, io le ero sempre accanto. L'abbracciavo, e le coprivo il volto di baci soavi. Le baciavo la fronte, e le labbra. Le sfioravo gli occhi dalle lunghe ciglia, con tenerezza struggente.

Fu così che io, nel mio miserabile stato, divenni un poeta. Cosa posso dire?

Il mio cuore iniziò a formulare dolcissime frasi d'amore.

Mi dettava le più tenere espressioni che mai si fossero affacciate alla mia mente e la mia mano, docilmente, le trascriveva. Forse fu così perché non potevo parlarle.

Non le parlavo; ma le scrivevo. Per lo stesso motivo per cui l'avevo cercata la prima volta: avevo assoluta necessità di farle sapere, in qualsiasi modo, dei miei sentimenti.

Non potevo permettere che tanta devozione si perdesse, senza che io facessi qualcosa perché tornasse, fedele, a chi la ispirava.

A chi, sulla mia devozione, aveva assoluto dominio.

No, non pensavo che le avrei mai parlato. In quei giorni, io ero soltanto un barbone e lei una creatura magnifica, in tutti i modi in cui una persona può esserlo.

Avevo appreso, leggendolo sui giornali, come fosse una persona buona e caritatevole, che amava interessarsi alle persone meno fortunate.

Osservandola, avevo avuto io stesso il modo di constatare la squisitezza dei suoi modi e la sua grande modestia.

L'adoravo; con quella stessa primitiva e atavica passione, con la quale si può adorare il calore del sole e la perfezione luminosa delle stelle.

Di quel calore e della sua luce, io vivevo.

Lei era per me il sole di ogni mio giorno, e la stella del mio firmamento ad ogni notte.

So che non v'è alcun modo per descrivere l'amore. Ma se dovessi dare d'azzardo una definizione, allora direi che è uno stato di meraviglioso delirio.

Non avevo mai messo in conto che le cose si evolvessero in modo diverso, poiché non c'erano presupposti. Credevo saremmo rimasti per sempre ciascuno al suo posto, anche se desideravo più della vita stessa la sua vicinanza.

Anche se non volevo ammetterlo neanche col pensiero, io la desideravo. E avrei dato tutto, tutto ciò che mi restava, per averla vicino a me.

Ma non volevo che conoscesse l'oscurità delle privazioni e della sofferenza. La disperazione è un mostro, che devi fronteggiare da solo.

Lei doveva starne fuori. Doveva rimanere nel suo mondo, a sicura distanza. Cosa avrei potuto offrirle, io?

No, era impossibile. Un sogno impossibile. Il vero amore si misura nella vicinanza, o nella lontananza?

Questo pensavo. Pensavo, pensavo...

Mi tormentavo. Soffrivo.

Sì, soffrivo. Nonostante i buoni propositi iniziali, oramai io soffrivo per la sua lontananza.

Ero innamorato. E l'amore diventa un cane rabbioso, se non lo puoi soddisfare. Ti sbrana il cuore a morsi.

Quella soave dolcezza, diviene una belva feroce.

E ti mangia il cuore a pezzi.

Che cosa mi aspettavo, forse che mi rispondesse?

Folle, folle! Ero stato incauto e folle.

Il sentimento m'aveva gettato nel fuoco della dannazione, facendo apparire le fiamme insaziabili della passione come una fresca sorgente d'acqua cristallina.

Azzurra e cristallina, come i suoi occhi.

Ed ora, lo sentivo, di quella dannazione io sarei morto.

Non sarei sopravvissuto a tanto amore inespresso.

Il destino, però, non aveva ancora fatto il proprio gioco.

Quando le avevo scritto, io avevo mosso una pedina. Pur se inconsapevolmente, come avessi raccolto un sasso, per poi gettarlo sul fondo di uno stagno.

Mi ero voltato per allontanarmi, ma intanto cerchi sempre più grandi increspavano la superficie dell'acqua.

L'amore è forte come la morte, livella ogni differenza.

Non guarda in faccia a nessuno.

Presto la sorte avrebbe compiuto la sua mossa.

Capitolo 24

Un Aquilone di Farfalle

Ormai è accaduto
nella mia vita
è stato un giorno
dolce d'inverno
che a me è sembrato
di primavera
che d'improvviso
volando è fuggita
libera l'anima
tra le mie dita.

Una profonda
emozione
che mi ha colpito
il centro del cuore
io non sentivo
più niente
era sparita
la gente
che camminava
tutto d'intorno
se ci ripenso
mi sembra un sogno
anche la pioggia
era di stelle
e nel mio cuore
solo farfalle.

È un aquilone
di farfalle
volano insieme
vanno nel cielo
sono un milione
più altre mille
innamorate pazze
di te
tanti colori
un solo amore
volano alto
oltre le stelle.

Vola nel cielo
adesso il cuore
l'anima
ha gli occhi
persi nel blu
dentro il tuo sguardo
meraviglioso
ed è sereno
anche se piove
è un aquilone
di farfalle
e tieni il filo
soltanto tu
fatto di baci
intrecciati
a carezze
più resistente
di mille catene.

Questo legame
chiamato amore.

Ci dovemmo interrompere nuovamente, quando arrivò il medico per il controllo serale. Veramente, io avevo sperato che per il maltempo vi rinunciasse. Ma il bravo dottore era, in realtà, stato fuori tutto il pomeriggio per le visite a casa come d'altronde era abituato a fare da molti anni. Gabriel s'informò minuziosamente sulle mie condizioni per sapere se la sua visita potesse protrarsi. O se, invece, avrei avuto bisogno di riposo immediato. Temeva di farmi stancare, ed io comprendevo la sua preoccupazione. Ero stata davvero tanto male.

Ma il dottore disse invece, che stare ancora in compagnia mi avrebbe fatto soltanto bene. A patto che me ne restassi a letto, però.

Gabriel ne fu molto sollevato e subito dopo che il medico ebbe lasciato la stanza, riaccostò la poltroncina per sedersi accanto a me.

Versò del succo di frutta per entrambi e lo bevemmo con una certa lentezza, come cercando la giusta concentrazione per proseguire insieme in quella storia lontana.

Io e lui ne facevamo parte ma il ruolo principale spettava, tuttavia, a una persona assente.

La cui presenza era evocata, continuamente, dalle parole innamorate di Gabriel:

«Avevo scritto la mia prima lettera per Clelia, utilizzando una bella carta color crema che avevo acquistato con i miei guadagni.

Pietro mi aveva suggerito di guardarmi intorno, in cerca di qualcosa di utile, soprattutto affinché durante le mie uscite potessi darmi uno scopo e tenere, così, impegnata la mente. Da questo punto di vista, il suo piccolo escamotage aveva centrato l'obiettivo.

Trovavo piuttosto spesso degli oggetti, anche in discrete condizioni, che venivano lasciati accanto ai rifiuti. Per la maggior parte, Pietro li vendeva al mercatino; un giorno, però, ebbi particolare fortuna.

Ero in una grande via del centro quando, a pochi passi da me, a un'anziana signora appena uscita da una boutique di lusso, cadde in terra una banconota di grosso taglio.

Ebbi immediatamente l'impressione che dovesse trattarsi di una quantità non trascurabile di denaro, e la raccolsi per restituirla alla donna.

Purtroppo lei si spaventò, quando mi avvicinai, e ciò mi dispiacque profondamente. Allora le spiegai, e la signora mi fissò con stupore. Capii che fosse per il mio aspetto, e ci rimasi male.

Per quanto povero, io non sarò mai un ladro.

La donna se ne avvide, penso. Infatti riprese il suo denaro ringraziandomi calorosamente. Poi, mi offrì in cambio una banconota di taglio più piccolo. Una piccola ricompensa.

Disse così, e mi invitò ad accettarla. Io l'accettai, con un piccolo inchino per commiato. Si trattava, per me, di molto denaro. Molto, molto denaro.

Tentai di obbligare Pietro a prenderne la metà; ma non ci fu verso. Volle che tenessi tutto per me poiché non avevo nulla, ed io serbai il mio piccolo tesoro. Quando conobbi l'indirizzo di Clelia, decisi di utilizzarne una parte in modo da procurarmi quanto occorreva per poterle scrivere.

Nella cartoleria vi era, in un angolo sul pavimento, della merce rovinata. In cima al mucchio, vidi un grande blocco per appunti dalle pagine un po' spiegazzate. Quanta carta per scrivere, peccato sprecarla.

Così, quando fu il mio turno, chiesi alla ragazza in cassa se la merce ammucchiata nell'angolo si potesse acquistare.

Dovevo sembrarle strano, con una elegante confezione di carta da corrispondenza ed una penna in mano, pensai. Ma, invece, lei mi squadrò con evidente simpatia e mi chiese se avessi trovato qualcosa d'interessante. Io presi il blocco. Me lo regalò, insieme a un'altra penna. Nel caso in cui, a forza di scrivere, la mia si fosse esaurita. Uscii dal negozio provando qualcosa che somigliava alla felicità; finalmente, mi sentivo di nuovo una persona.

Avrei scritto a Clelia e chissà, forse lei avrebbe letto il mio messaggio. Avrebbe saputo di me. Gabriel.

Ma, come ti dicevo, io non mi aspettavo nulla. Anzi, con il passare dei giorni, prevalse in me la convinzione che la mia lettera fosse andata smarrita o che, in ogni caso, non le fosse stata recapitata. La verità è che ormai non avevo più alcuna fiducia nel futuro.

Pensai che fosse bene così. Lo so che sembrerà assurdo, ma ne fui addirittura sollevato.

Era meglio che lei non sapesse.

Il mio posto era nell'ombra. Continuavo però a dedicarle poesie; il mio blocco, ormai, era tutto scritto.

Allora ne scelsi alcune, tra quelle che amavo di più, e le trascrissi sulla carta da lettera. Così, via via, misi insieme una raccolta di versi d'amore che, nei miei sogni, porgevo alle sue mani adorate.

Sognavo ad occhi aperti, come un fanciullo. Poi, accadde qualcosa.

Vi era, all'interno del parco, un luogo, che io preferivo a tutti gli altri. Mi deliziavo a stare seduto su una panchina alla sommità di una collinetta. Essa dominava lo specchio d'acqua intorno al quale Clelia ogni tanto portava a spasso il suo cagnolino. In questo modo, dopo che le avevo scritto mi era accaduto di poterla rivedere.

Proprio dove, per la prima volta, avevo avuto l'immensa gioia d'incontrarla.

A me piaceva stare lì, con la speranza di vederla ancora; perché, ogni volta che distinguevo le fattezze amate della sua persona, la felicità si rinnovava più forte che mai.

Avevo trovato il coraggio di scriverle di nuovo, in modo che avesse le mie poesie. Erano state scritte per lei, dunque le appartenevano.

Le avevo scritto, come non avessi dimenticato il nostro incontro. Come il mio pensiero costantemente si rivolgesse a lei con infinita tenerezza, e come io attendessi sempre di rivederla.

Mi piaceva aspettarla. Quando scorgevo la sua figura, tra le altre persone, tutto d'incanto mutava. La gente, intorno a me, non esisteva più. C'era soltanto lei. Ed ogni volta, io vivevo nei suoi occhi un meraviglioso sogno d'amore.

Avrei tanto voluto, avvicinarmi a lei; ma non osavo. Mi limitavo ad osservarla da lontano. La seguivo fino a che mi era possibile, con lo sguardo e con tutto il mio amore.

Un giorno però, la vidi ferma a conversare con quelli che, evidentemente, dovevano essere suoi conoscenti o amici.

Vidi che parlava animatamente, e sorrideva.

Dio mio, Dio mio, il suo sorriso! Com'era bella. In quella specie di estasi, il mio cuore era un cielo pieno di stelle.

Non potei resistere, e mi avvicinai. Avanzai verso di lei, verso il mio Amore. Verso la mia felicità. Clelia, Clelia...

A un certo punto, come richiamata dal mio pensiero perso nella gioia della sua vicinanza, si voltò, e parve cercarmi.

Anche stavolta mi fissò negli occhi. Mi guardava. Forse mi riconosceva: si ricordava di me? O forse semplicemente le sembravo buffo, lì fermo impalato, con l'anima e il cuore presi dal suo splendore.

Fui sul punto di avvicinarmi. Era a così poca distanza da me, che quasi non resistevo. Sì, io volevo avvicinarmi alla persona che amavo. Desideravo poterle stringerle la mano, che male poteva esserci in un gesto così innocente? Ma non osavo. Non osavo.

La piccola distanza che in quel momento era tra noi, a me risultava impercorribile. Come potevo trovare il coraggio di presentarmi a lei, nelle mie condizioni?

Non riuscivo ad avvicinarmi, con il mio aspetto povero e trasandato, a lei, così bella e ben vestita.

Clelia, lo si vedeva, era una persona importante; io, non ero nessuno. Allora mi allontanai, e non so dirti quanto mi costò, andarmene così.

Aspettai che lei si girasse, perché non sarei mai riuscito a separarmi dal suo sguardo, e ritornai nell'ombra. Soffrivo; il cuore si ribellava e m'intimava di tornare indietro.

Le rivolsi un'ultima occhiata, e quando la vidi voltarsi e guardarsi intorno, come cercandomi, credetti di morire.

Tanta, era la sofferenza nel mio spirito.

La sua presenza mi mancava da farmi scoppiare il cuore, mi lasciai scivolare su di un sedile di pietra, nascosto dalle fronde di un salice in modo che lei non vedesse.

Piansi come un bambino. Piansi sul mio dolore, sulla mia miseria. Avrei voluto un'altra vita. E avrei voluto dividerla con la persona che amavo. Perché non potevo vivere nello stesso mondo, insieme a tutti quelli che avevano la gioia e la fortuna di conoscerla? Piangevo disperato; sentivo la sua mancanza affondarmi nel petto, come una lama d'acciaio.

Una bella e dolce creatura, sembrò avere pietà della mia sofferenza. Una farfalla bianca si posò sul dorso della mia mano, come se volesse consolarmi.

Un giorno, lei mi avrebbe detto: "Ero io, che ti seguivo".

Quel giorno, come altre volte, Clelia non s'era vista.

Il cielo ormai volgeva all'imbrunire, dovevo andare. Mi alzai, con la tristezza che m'assaliva quando non riuscivo a dissetare i miei occhi perdendoli nella sua bellezza.

Vidi allora gli occhietti vispi di un bel fox terrier, che mi fissavano. Il simpatico animale mi annusò scodinzolando e quando tesi la mano per accarezzarlo, ebbi modo di notare un fiocchetto di colore rosso applicato al collare.

Era il cane di Clelia. Alzai lo sguardo; avevo il cuore in gola, senza sapere che cosa pensare. Lei era là, davanti a me. Aveva il guinzaglio tra le mani, e lo ripiegò per riporlo in una tasca del suo cappotto.

Avanzò sorridendo e, con un leggero tremore nella voce, mi rivolse la parola.

"Ciao. Tu sei Gabriel, vero?"

Pensai che stesse per venirmi un colpo.

Mi guardai intorno, come cercando una via di fuga.

Allora le aveva lette, le mie lettere.

Le aveva lette.

Avrei voluto sprofondare per nascondermi alla sua vista.

So che può sembrare una reazione priva di senso. Ma sai, non è facile vedere il tuo sogno più segreto, il più caro dei tuoi desideri, prendere corpo d'un tratto.

Non ero preparato.

Adesso, lei avrebbe visto la mia miseria, gli abiti lisi. La mia goffaggine. E si sarebbe resa conto che non ero tanto bello, ricco e importante per essere alla sua altezza. Come m'avrebbe scrutato: con pietà, con sufficienza?

Lei invece guardava attenta, proprio come la prima volta. Guardava diritto dentro i miei occhi. E l'oceano azzurro dei suoi, si mostrava in tutta la sua immensità.

"Sono il tuo Gabriel.", fu tutto ciò che mi riuscì di dirle.

Avrei voluto aggiungere che l'amavo più della mia stessa vita. Ma dal suo sguardo, serio anche mentre mi sorrideva, potei comprendere che lo sapeva già.

"Sono qui per ringraziarti, le poesie sono belle", spiegò. Restai senza parole, incantato dalla sua cortesia. L'intensità dei miei sentimenti si moltiplicò. Ero pazzo di lei.

Mi informò che due o tre volte la settimana, solitamente, usava fare una passeggiata nel parco con il suo cagnolino. Avremmo potuto incontrarci, per fare quattro chiacchiere, se lo avessi voluto. Le sarebbe piaciuto sapere qualcosa in più di me, ed avrebbe gradito qualche altra poesia.

Doveva trattarsi di un sogno. Un sogno meraviglioso. E, al mio risveglio, sarei diventato l'essere più infelice della terra. Non avrei potuto vivere, mai più, senza di lei.

Allora non aspettai, e glielo dissi. "Ti amo. Perdonami, se puoi; ma io ti amo. E devo dirtelo, prima che questo sogno finisca."

Lo avevo detto, finalmente.

L'azzurro meraviglioso dei suoi occhi si fece più intenso.

"Arrivederci, allora." Una mano mi sfiorò i capelli, lieve come una farfalla.

Dunque il sogno non stava per finire? Non era il caso di fare storie. "Arrivederci, Clelia", la salutai.

Arrivederci, vuol dire ci rivediamo? Questo non lo dissi, ma non facevo che ripetermelo.

Dovevo convincermi.

Provavo, ricordo, una felicità intensa a tal punto da farmi dubitare della realtà stessa del mondo.

Io non riuscivo a comprendere cosa stesse accadendo, ma non importava. Era meraviglioso.

Tutto, adesso, era meraviglioso.

"Ciao, Gabriel" e mi regalò un sorriso agitando con garbo la mano, in segno di saluto.

Tornai alla tenda con una tale leggerezza nell'anima, che mi pareva, camminando, di non toccare terra.

Era il tramonto, eppure una luce immensa mi illuminava l'anima come la più dolce delle aurore.

Il freddo pungente della sera, quasi non lo percepivo.

Io non sentivo più alcun affanno. Nessuna privazione o patimento, a questo mondo, poteva più scalfirmi.

Come se il mio spirito, in quell'amore innocente, si fosse blindato per sempre nella felicità. Pensavo al mio Amore, ai suoi occhi azzurri. Quella fonte inesauribile di prezioso sentimento.

La mia sorgente d'acqua pura, trasparente e chiara quanto un diamante. Ed altrettanto forte.

Pensavo alla persona amata, benedicendola. E nonostante fosse inverno inoltrato, non sentivo più neanche il freddo.

Ora, il ricordo delle notti insonni e tormentate, quando mi stringevo intirizzito nella vecchia coperta, appariva come l'eco remota di un brutto sogno.

Adesso, anche se fuori nevicava, e quell'inverno nevicò, mi addormentavo beato. Il sorriso di lei si prolungava nel mio ricordo all'infinito, insieme al suono della sua voce, che mi cullava come il più morbido abbraccio.

Qualche particolare espressione, che avevo scorto sul suo viso, mi faceva sospirare deliziato.

Io sapevo come lei riposasse al caldo, in una casa ricca e sicura, e questa era la mia più grande gioia. Se lei stava bene, tutto andava bene anche per me. Nonostante la tosse insistente, e tutti i malanni che mi avrebbero afflitto fino all'estate, quello fu l'inverno più bello della mia vita.

La neve cadeva dolcissima sui miei sogni.

Ne serbo tuttora vivissima, l'immagine; tutto quel bianco donava ai giorni un'aura di magìa e di romanticismo.

Io non conoscevo la neve. Ma avevo desiderato vederla, fin da bambino.

Rimanevo incantato ad osservarla, mentre scendeva giù, nei suoi piccoli cristalli argentati.

Parevano tante farfalle bianche, che volteggiavano in una lenta danza d'amore. O almeno, questo è ciò che vedevano i miei occhi innamorati.

No, non avevo più freddo. Non avevo più male. Dormivo sonni beati, avvolto dall'aria gelida, come se fossi sotto il cielo stellato di una calda notte d'agosto. Erano stelle, a cadere giù, come una pioggia di luce, ed io vi camminavo a piedi scalzi come un bimbo felice sorpreso di meraviglia.

Proprio così; nonostante fossi già nell'età matura, avendo passato i quarant'anni, la mia anima s'andava appressando all'amore con la candida innocenza che solo un bambino può avere.

L'anima è puro spirito, completamente libero.

Può staccarsi dalle bassezze e dai dolori del mondo, per volare in alto. *Volare in alto.*

Io non avevo più la mia età.

Non avevo più freddo né fame.

Avevo soltanto amore.

No, non devi avere pena per me, tu non immagini quanto io fossi felice. Perché non dormivo, al freddo, coperto di stracci. E non ero solo.

Io dormivo tutte le notti davanti alle porte del Paradiso, abbracciato stretto al mio Amore. Ed ho ragione di credere che anche lei dormisse stretta a me.

Credo che ciascuno di noi, nella libertà della sua anima, dorma abbracciato alla persona che ama veramente.

Io ero felice perché, in tutto il biancore di quei fiocchi candidi, vedevo ciò che di più caro avevo al mondo.

Era un cielo senza nuvole, un mare trasparente e calmo.

Il colore azzurro dell'eternità.

Erano i suoi occhi. In quell'azzurro andava, libera, la mia anima; il mio cuore si alzava in volo.

Era come un aquilone di farfalle, portato su nel cielo dal vento dell'amore.

In quel cielo potevo perdermi senza paura.

Dentro quel mare immenso, anche se non sapevo nuotare, io non sarei annegato. Mi fidavo di lei.

L'amavo.»

Capitolo 25

«Quella sera, quando venne a cercarmi, era così pallida che pareva aver versato tutto il suo sangue. Ma a me appariva, come sempre, bellissima; l'amavo più della mia stessa vita. Compresi subito che doveva esserle accaduto qualcosa di molto grave. Non si era mai verificato, in precedenza, che lei si spingesse fino al fiume. E a quell'ora, poi.

Era già buio da un pezzo. Anche se aveva il cane con sé e potesse, a prima vista, apparire come una donna uscita per condurre il proprio animale nel suo giro serale, certo non era quello il luogo appropriato.

Una signora come lei non si sarebbe mai avventurata ad un'ora simile, in un posto così.

Appena ne distinsi la figura, alla luce tenue dei lampioni nella sera umida e fredda, capii subito che stava venendo a cercarmi. L'avevo vista, poche ore prima, nel parco.

Data la giornata piovosa non c'era quasi nessuno; perciò avevamo potuto conversare a lungo, come era ormai, una dolcissima consuetudine tra noi. Le avevo detto che avrei passato la sera al fiume con alcuni miei amici, e che sarei rimasto anche per la notte.

Sapeva che ero lì, e che mi avrebbe facilmente trovato. I suoi occhi, che erano per me la luce dell'intero universo, mi fissavano dilatati dal terrore; tremava, ma non a causa del freddo.

Si sentiva in pericolo. Tutto il suo mondo, era a un passo dalla catastrofe.

Qualcosa di terribile le era successo, e lei si era trovata da sola senza sapere a chi rivolgersi per chiedere aiuto. Aveva cercato me, poiché sapeva con certezza che avrebbe potuto dirmi e chiedermi qualsiasi cosa.

Sul suo volto amato, profonde occhiaie scure lasciavano trapelare la sua disperazione. Stretta nell'impermeabile, la vedevo esile e stanca. Anche in quei momenti drammatici e nello stato d'animo in cui si trovava, nulla aveva perduto dei suoi modi eleganti. Ma era sconvolta.

Parlava a fatica.

Dovetti calmarla, perché potesse raccontarmi l'accaduto; e la cinsi con le braccia. D'istinto. La tenerezza comandò che la stringessi. Ed io obbedii. Desideravo proteggerla.

Avrei fatto qualsiasi cosa per proteggerla.

Lei non si ritrasse dal mio abbraccio. Al contrario, vi si abbandonò come in un porto sicuro.

Come posso descrivere quei momenti? Avevo la felicità tra le braccia, come nei miei sogni. Potevo percepire tutti i battiti del suo cuore. Il suo respiro. Per tanto tempo, mi ero addormentato ogni notte con quella immagine negli occhi e quella percezione nella mia mente.

Io e lei vicini, stretti nel nostro amore, come se null'altro fosse al mondo oltre noi due.

L'amore è il più grande dei misteri. Che cosa si prova in quegli istanti di felicità perfetta? Non esistono parole che possano spiegarlo. In questi anni ho avuto tanto tempo per riflettere, per cercare.

Ne ho cercate tante, di parole.

Non ne esistono che possano dire cosa provavo, mentre il suo cuore batteva assieme al mio. Avvertivo che si andava calmando, la paura e l'angoscia stavano arretrando davanti alla forza del nostro sentimento.

Cosa posso dire, in quale modo si può dire, che avevo tra le braccia tutta la bellezza del mondo?

Anche con lei, ricordo, rimasi in silenzio.

Avrei voluto dirle, quanto fosse profondo il mio amore per lei; ma non mi venivano parole sensate. Avrei voluto trovare le parole più dolci, e dirle come i suoi occhi chiari fossero lo specchio della mia anima. Sì, avrei perduto la mia libertà; ma avrei vissuto della sua, proprio come ora vivo della stessa aria che lei ha respirato, e dello stesso cielo che ha incontrato il suo sguardo.

Se davvero si ama una persona, allora, bisogna avere la generosità di lasciarla andare dove è meglio.

In quei momenti preziosi, imparai che il vero amore per qualcuno, non si manifesta nel possesso. Ma nella volontà di prendersene cura, a qualsiasi prezzo.

Il prezzo, per me, fu la mia stessa vita in cambio della sua; per amore, volevo che la sua esistenza proseguisse sui binari dorati sui quali era avviata, senza deviazioni.

Senza scandali.

Ci avrei pensato io, avrei saputo proteggerla. Sapevo che, per fare questo, avrei dovuto riaprire le braccia per farla tornare nel suo mondo. Come una farfalla che dopo essersi posata, riprenda il volo.

Sapevo anche quanto avrei sofferto per la sua lontananza, senza scampo. Per sempre. Ma sapevo che in questo modo mi sarei dato completamente a lei, senza negarle nulla.

Finalmente, avrei potuto dimostrarle tutto il mio amore.

Fui io a decidere, quella volta. Clelia non mi chiese nulla, e devo anche dirti che lo rifarei. Rifarei tutto, per lei.

Perché mi guardi così? Non deve sembrarti strano. Avrei fatto qualsiasi cosa per il mio Amore.

Qualsiasi cosa.

Lei era, ed è, l'unico sogno della mia vita.

Ma ti rendi conto, cosa possa essere vedere il più bello dei tuoi sogni, quello più segreto e irrealizzabile, diventare vero sotto i tuoi occhi, tra le tue mani?

Quella stella luminosa, che splendeva prepotente nel mio cuore, era lì. Tra le mie mani.

Non so in quel breve tempo quante volte io sia morto per la felicità, e immediatamente risorto ancora più felice.

Quell'emozione profonda e inaspettata mi travolgeva, era come se fossi investito da un'onda colossale.

Una tempesta.

Sì, una tempesta d'amore. Compresi d'aver vissuto fino a quel momento per arrivare a quel punto preciso. Tutto era pace, nel mio essere. Finalmente. L'intero universo pareva aver raggiunto un'armonia perfetta, mentre eravamo l'uno nelle braccia dell'altra.

I battiti del suo cuore scandivano il tempo, mentre l'aria della sera mi portava sul viso il suo profumo delicato come quello dei fiori, e il suo respiro. Il suo respiro, capisci?

Non avevo pensato ad altro, dal primo giorno che l'avevo vista. Non riuscivo a pensare ad altro, che ai suoi occhi e al suo respiro. Perché di quel respiro vivevo anch'io.

Cos'è l'amore? Ora ti posso rispondere.

Tutto. L'amore è tutto.

Non c'è nulla che si possa dire di più, quando si dice ti amo dal più profondo del cuore. Ed è ciò che io le dissi.

"Ti amo, Clelia. Io ti amo."

Soltanto questo, ripetuto un'infinità di volte. Fin quando mi avvidi, nel buio, di un luccicore nei suoi occhi adorati.

Piangeva.

"Perché piangi?" domandai, e lei rispose.

"Ti amo anch'io."

Ci scambiammo un bacio tenerissimo, e poi, presentendo quello che stava per avvenire, ci baciammo ancora e questa volta, con maggior passione. Con disperato ardore, come due condannati.

L'amore è come il vento, passa dove vuole.

Status sociale, convenienze, opportunità. Sono parole che non esistono nel dizionario dei sentimenti.

Noi due ci amavamo.

Avevo ottenuto ciò che non avevo mai osato sperare. Più di quanto avrei mai potuto credere. La mia splendida stella era lì, tra le mie braccia innamorate.

E brillava per me. Adesso lo sapevo.

Quegli occhi meravigliosi che adoravo, i suoi sorrisi belli da spezzarmi il cuore, erano per me. Avrei dato tutto il mio sangue all'istante, se le fosse stato utile.

Nulla avrebbe potuto farmi cambiare idea. Io non avevo paura di niente e di nessuno.

Avrei affrontato ogni conseguenza, sopportato qualsiasi pena, spinto dal coraggio sovrumano che soltanto l'amore può dare. Avrei raccolto su di me ogni colpa.

Tutto l'odio e il disprezzo, li avrei fatti miei. Per salvare le apparenze, la sua vita e quella di suo marito.

A questo proposito, c'è una cosa molto importante che devi sapere. Lui era un uomo che aveva avuto moltissimo dalla via. Che aveva voluto prendersi tutto. Criticabile, ma non era una cattiva persona.

Non l'ha uccisa lui, la sua segretaria. Era affezionato a quella ragazza, ma niente di più.

Ha finto anche lui, proprio come me. Quando gli esami clinici non gli hanno dato più speranza, prima di arrendersi alla malattia, ha voluto rendere la sua confessione. Sapeva, di non poter pareggiare il conto nei miei confronti.

Ma ha voluto restituirmi, per quanto gli era possibile, una parte della mia vita perché potessi viverla da uomo libero. E soprattutto, mi ha restituito la rispettabilità. Io, del resto, avevo sacrificato tutto per salvare la sua. Vi era tra noi un tacito accordo. Lui ha fatto ciò che doveva, fino alla fine, nonostante i suoi errori.

Non chiedermi però chi sia stato materialmente l'autore del delitto, e chi fu il mandante.

Non l'ho mai saputo. Neanche Clelia, lo sapeva. So che avvenne nella loro casa. La ragazza era al piano superiore, nello studiolo privato del legale, dove stava definendo con lui il programma di lavoro per la settimana successiva.

Clelia era nel salottino adiacente. Mi disse di aver sentito citofonare e, poi, voci concitate nello studio. Dei rumori, e un grido soffocato. Si trattò di un terribile avvertimento.

L'avvocato, preso da una sete sempre maggiore di denaro e di potere, aveva stretto rapporti professionali con gente assai poco raccomandabile.

In quali termini, io non saprei. Non lo sapeva nemmeno Clelia. Credo che lui la tenesse all'oscuro per proteggerla. E sono anche propenso a credere che egli stesso non fosse del tutto consapevole, circa l'esatta natura di quegli affari che si era trovato a trattare. Molto probabilmente, quando se ne accorse cercò di tirarsi indietro e per questo, ricevette quella terribile visita.

Clelia mi disse, allora, che suo marito era stato sul punto di denunciare tutto e di chiedere aiuto. Dopo, non ne ebbe più il coraggio. In fondo, per l'assassinio della segretaria, era stato trovato il colpevole. Tutto fu messo a tacere. Fino alla sua malattia, perlomeno. Quando la morte era ormai prossima comunque, come sai, ha contattato chi di dovere per alleggerire la propria coscienza.

I brutti tipi che avevano massacrato la ragazza sotto i suoi occhi, se ne andarono ordinandogli di provvedere lui a fare sparire il corpo. Sarebbe diventato così loro complice.

Quando finalmente se ne furono andati, Clelia vide con orrore quello che era accaduto. E l'avvocato le spiegò, ciò che gli era stato chiesto.

Lei venne da me. Ed io mi resi complice a mia volta.

Per la povera ragazza, non c'era in ogni caso più nulla da fare, ma Clelia poteva ancora essere salvata. Io l'amavo e la salvai. Alla fine, è una storia assai semplice.

Per quanto riguarda tutte le congetture che vennero fatte, per le tracce di sangue che avevo indosso e sulle mie mani, ti chiarirò del tutto anche questo.

Clelia se ne andò, quando le chiesi io di tornare a casa e di restarci. Poco dopo, arrivò suo marito, con un'auto. Si fermò a metà circa della rampa che porta giù al fiume. Era ormai buio pesto, e pioveva forte.

Non c'era nessuno, oltre noi.

Tirai fuori dalla macchina il suo carico di morte.

Quella poveretta, era stata avvolta in un tappeto, che si trovava nello studio. Disse l'uomo che lo avrebbe bruciato, insieme ad ogni altro oggetto che avesse potuto tradirlo.

Si vedeva, che era molto spaventato. Ormai temeva per la sua vita, e per quella della moglie.

Io lo rassicurai.

Non appena si fosse trovato un colpevole, la vicenda si sarebbe chiusa. Lui fece un segno di assenso, e mi porse la mano senza dire nulla. La strinsi.

Eravamo d'accordo.

Rimasi da solo con la sagoma inanimata di quella che, fino a poco prima, era stata una persona come me. Come me, da viva, aveva avuto i suoi sogni.

Forse un amore segreto?

Un'immensa pietà mi fece avvicinare a quel corpo.

Era una posa del tutto innaturale, quella in cui era rimasta rotolando fuori dal tappeto. Pareva una bambola rotta, ma ancora bella, che una mano crudelmente avesse gettato via, senza tentare di ripararla.

E se non fosse stata ancora morta?

Forse era soltanto priva di sensi, agonizzante ma ancora con un residuo di vita dentro di sé.

Mio padre, come forse ricorderai, era medico. Un ottimo medico, e mi ha insegnato a rispettare ed amare la vita in ogni sua manifestazione.

Rispettarla, ed amarla fino alla fine. Lui avrebbe tentato di tutto, anche l'impossibile, prima di arrendersi.

Toccai la povera giovane con grandissima delicatezza, e con misericordia.

Forse c'era ancora un minimo di speranza.

Non percepivo alcun battito; ma sollevando piano il capo, un occhio ancor socchiuso, nella poca luce, parve fissarmi. Tentai di rianimarla.

Aveva perso molto sangue, tentai di ripulirle la ferita più profonda con il suo foulard.

Rovesciai il contenuto della borsetta, aveva forse degli altri fazzoletti, qualcosa che potesse servire. Avrei tentato ogni cosa, per non lasciare andar via quella giovane vita.

Ma fu tutto inutile.

E il mio atto di pietà sarebbe stato, in seguito, travisato in un orrendo gesto di macabra e crudele lussuria.

Le mie impronte insanguinate sul reggiseno, ricordi?

Fu davvero terribile, dover sopportare il marchio di una tale infamia.

In tutti gli anni passati in carcere, io mi sono consolato a pensare che, per fortuna, la vittima sapeva benissimo che non le avevo fatto alcun male. E che lo sapeva Clelia. La mia Clelia.

Quando dovetti lasciarla andare, e la mia stella riportò la sua luce lontano da me, il cuore mi si spezzò.

In quel momento scese la notte nella mia anima. Intorno a me, era il buio più nero. Io non vedevo più niente, non esisteva più niente per me. Non l'avrei più rivista, mai più.

E come avrei fatto a sopravvivere?

Le sue labbra mi mancavano già. Adesso, che l'amore era perduto, tra le mie braccia era soltanto vuoto.

L'abisso freddo e scuro della solitudine. Avevo la morte nel cuore. E un silenzio pesante. Assoluto.

Nelle mie mani non c'erano più carezze. Non c'era ormai più nulla. Quella totale mancanza di suoni diceva che la mia vita finiva lì, con ogni mia speranza. Era finito tutto.

Ecco, in quel preciso momento, lei dovette percepire tutta la mia angoscia. Lo diceva spesso, Clelia. *Ti ascolto anche quando non mi parli. Ti sento sempre.*

Durante i nostri dolcissimi incontri, mi aveva anche detto della sua passione per le farfalle. Le piacevano soprattutto quelle bianche. "Sono le anime", mi diceva.

Sono le anime. Proprio davanti a me si poggiarono, sopra un fiore, due belle farfalle bianche che volavano insieme. In quella penombra. Lo sai, vero, che quando due persone si amano profondamente non hanno bisogno di parlare per potersi sentire…

Ti sento sempre.

Che cosa c'entrano le farfalle, è questo che stai pensando, Alice? Le farfalle sono fondamentali.

Sai, l'effetto farfalla... Pare che il battito delle ali di una farfalla possa modificare il corso delle cose.

Per me è stato così.

In quell'istante ho sentito il mio Amore vicino a me come se mi fosse accanto. Avevo i suoi occhi azzurri nei miei, mi ci potevo specchiare. Le due farfalle eravamo noi.

Le nostre anime innamorate.

Lei mi amava, me lo aveva detto. No, non ero solo. Non sarei stato solo, mai più.

La pace e la felicità tornarono in me.

Essere amati, è come essere eterni. Così, la mia anima volò nell'immensa vastità del tempo, e le vicende terrene persero la loro rilevanza.

Vedevo il suo viso, quando le avevo asciugato le lacrime con i miei baci. Provavo la stessa felicità, e non smettevo di baciarla. Con infinita dolcezza, perché era la sua anima che adesso stavo sfiorando.

Immagini la scena? In riva al fiume, una donna morta e un uomo tutto imbrattato di sangue. Il fango, l'erba incolta e i rifiuti.

Un fiore e due farfalle bianche.

L'amore è un meraviglioso miracolo. Esso trova sempre la poesia. Ovunque.

Quando vidi che la poesia esisteva ancora, e che le nostre anime erano insieme, il mio cuore tornò a vivere.

Questo è tutto. Il resto, lo conosci.

Quello che forse tu non sai, è che quella felicità non mi lasciò mai più. Non mi avrebbe abbandonato, nemmeno se fossi stato in carcere fino alla fine dei miei giorni.

Come tutti i romantici, sono un gran testardo.»

Sorrise.

Capitolo 26

Nei giorni successivi al temporale durante il quale il mio amico poeta mi narrò del suo amore per Clelia, iniziai a rimettermi. E, in breve tempo, la guarigione fu completa.

In quella splendida giornata di maggio, ero stata ospite di Gabriel.

«Io sono diventato poeta», mi aveva detto, «dalla prima volta che scrissi dei versi per lei. Ho sempre pensato, che la poesia l'avrebbe portata da me. Ho sempre creduto che i versi d'amore avrebbero costruito, con la loro dolcezza, un ponte tra noi due.

E che avremmo potuto percorrerlo in ogni momento. Da qualsiasi luogo. Per trovarci sempre a metà strada, l'uno incontro all'altro.»

La voce gli si era spezzata, per l'emozione, in un sospiro.

Io avevo abbassato gli occhi, nutrivo un grande rispetto per quella passione, così profonda e fedele.

Poter amare così, dev'essere meraviglioso.

Qualsiasi sofferenza possa costare, credo che ne valga la pena. L'uomo che avevo davanti ne era la dimostrazione.

Lui riprese a parlare, con gli occhi scuri che brillavano di commozione. Brillavano come due stelle.

Erano sempre così, ogni volta che parlava di lei.

«Per tutto il tempo ho atteso, pensando che potesse venire a cercarmi. Che potesse ritornare, ed affacciarsi sul ponte del nostro amore.

Io l'avrei scorta immediatamente, perché non ho smesso mai di aspettarla.

In questi anni non ho sofferto, anche se avrei dato tutto quello che mi restava, per rivederla ancora una volta.

Avrei fatto qualsiasi cosa, per un solo istante accanto a lei. Ma non soffrivo; la sua libertà era la mia libertà.

Esattamente come quando, da uomo libero, ero felice per la sua vita magnifica.

La sua ricchezza era la mia ricchezza, il suo sorriso era il mio. E i suoi occhi erano il mio cielo.

Ho trascorso gli anni rivivendo i nostri incontri, le nostre conversazioni. Dopo la prima volta che lei mi si avvicinò, io diventai un'altra persona.

Iniziai ad avere cura del mio aspetto, e utilizzai il denaro che ancora avevo da parte, per far sistemare i capelli con un buon taglio e comperare degli abiti. Seppure usati, di buona fattura e della mia misura.

Clelia, ricordo, ne fu entusiasta.

Le avevo già parlato di me e della mia storia nelle lettere; ma frequentandoci, potei offrirle ciò che ancora possedevo e che nessuno avrebbe mai potuto portarmi via.

La mia cultura. Fu così che la conquistai definitivamente; insieme parlavamo di tutto. Eravamo le due metà di una stessa persona.

Un legame così forte non si può spezzare, e non si è mai spezzato. Eravamo stati separati dalle circostanze, ma non nei nostri cuori; le nostre anime sono rimaste sempre l'una accanto all'altra, come le due farfalle bianche.

Io non so se riesci a comprendermi, non è una cosa che si possa spiegare facilmente.

Ma le nostre anime sono sempre insieme. Voleranno per sempre nell'eternità dell'amore.»

Con queste parole, Gabriel concluse la sua storia. Avevo ottenuto tutto quello che ero andata a cercare.

Ed anche molto di più. Quell'uomo era stato un mistero, per tantissimo tempo. Per tutti quegli anni.

Non ero mai riuscita ad odiarlo, io non avevo mai creduto nella sua colpevolezza.

Il tempo, si dice, è galantuomo. E così è stato, con me. Adesso che posso avere l'immagine dei fatti davanti agli occhi; posso anche riconoscere, finalmente, in quell'uomo chino su un cadavere nel tentativo inutile di rianimarlo, la stessa persona buona e gentile alla quale devo la vita.

Nel suo lungo e sincero abbraccio, al momento del nostro addio, ho ricevuto la ricompensa per la mia fiducia.

L'amore non va mai sprecato, mi ha detto.

Se è sincero, ritorna sempre.

Ha voluto che tenessi i suoi scritti. Questa storia è anche la mia. Attraverso quei fogli che ero andata a restituirgli, avevo vissuto la sua vita come fosse una parte della mia.

Così, avevo amato e sofferto con lui, nutrito le sue stesse speranze. Patito il freddo e la fame.

Subìto la sconfitta dell'invisibilità sociale.

Avevo gioito anch'io, per ogni sguardo ed ogni sorriso a chi amava. Avevo atteso insieme a lui. Avevo letto le sue poesie.

Esse avrebbero risuonato per sempre, sulle pareti della mia anima, come un'eco struggente.

Era bello Gabriel, benché avesse più di sessant'anni.

Della particolare bellezza degli idealisti, che non conosce tempo.

L'ultima volta che lo vidi i suoi occhi neri scintillavano, e mi fecero pensare a una calda notte d'agosto, quando sul mare il cielo scuro è tutto trapunto di stelle.

Quel firmamento, che gli vedevo negli occhi, ora so cosa fosse.

Forse esiste davvero, io voglio crederlo, una dimensione dove tutto è in perfetta armonia come in quel meraviglioso mondo che Gabriel aveva immaginato per la sua amata.

Quel luogo incantato, che lui e Clelia avevano creato con l'intensità dei loro sentimenti.

In quella dimensione segreta ed inviolabile dove possono accedere soltanto i cuori profondamente innamorati.

In quell'universo di dolcezza e perfezione, il dolore non esiste. Non esiste dolore né lontananza.

Soltanto armonia. Laddove tutti i sogni si realizzano, e i grandi amori durano per sempre.

Lì dove le farfalle volano in eterno.

Epilogo

Ora con Te

*Vola nel cielo
una farfalla
con ali bianche
come la neve
un'altra insieme
le vola accanto
in un danza
dolce d'amore.*

*E voleranno
eternamente
come il mio cuore
ora con te.*

Mi fermai, d'improvviso, per un senso di rimorso che mi assalì repentinamente dopo pochi minuti dal commiato.

Ricordai di avere con me anche la prima poesia scritta da Gabriel per Clelia.

Sapevo quanto lui vi tenesse.

No, quella non potevo portarla via. Dovevo restituirla.

Invertii la direzione dei miei passi, per tornare al giardino di rose che circondava la casa del poeta.

Per ritornare all'albergo, avevo preso una scorciatoia che passava lungo il crinale di una collina dominante la piccola via sulla quale il giardino affacciava.

Desideravo godermi, un'ultima volta, quel bel panorama che in così breve tempo mi aveva conquistata.

Lo avrei portato nel cuore, per sempre.

Voltandomi, mi ritrovai ad avere un'ampia visuale sulla strada percorsa.

Fu così che li vidi. Pensai all'inizio di sognare, di essere presa dalla suggestione degli eventi. La mia mente mi dava la conclusione che, dentro di me, avevo sempre sperato.

Era il cuore della bambina che ero stata, ad ingannarmi.

Ma poi avvicinandomi, e da un'angolatura migliore, mi dovetti presto ricredere.

Lei era tra le rose. Tra le braccia di Gabriel.

Dunque per questo, era andato a vivere proprio lì.

L'amore non va mai sprecato.

Se è sincero, ritorna sempre.

Era andato a vivere dove lei era nascosta.

Ciascuno di noi ha un segreto; il mio segreto è l'amore.

Lui mi aveva mentito; ma in fondo capivo. Non ero più la piccola Alice; ma una giornalista. Prima o poi, avrei potuto farmi sfuggire qualcosa.

E lui, per proteggere Clelia avrebbe fatto qualsiasi cosa, anche mentirmi.

Per lei avrei fatto qualsiasi cosa. Qualsiasi cosa.

Dopo tutto, Gabriel non aveva rivelato una piccola parte della storia, solo a fin di bene.

Ripensando a tutto ciò che mi aveva detto, capii che in un certo senso, anzi, non aveva omesso nulla.

Seminando indizi continui, come briciole a segnarmi la via, mi aveva tracciato la completa verità, senza renderla completamente esplicita.

Un legame così forte non si può spezzare, e non si è mai spezzato.

Sperava che io sapessi comprendere, e che tenessi il suo segreto con cura.

Proprio come avrei fatto da quel giorno in poi.

Mi fermai. Avrei tenuto la poesia.

Potevo ora comprendere come mai me l'avesse lasciata; potevo comprendere ormai ogni cosa.

O quasi. Ma non sarei andata a porre domande, mai più.

Cos'altro avrei dovuto sapere?

L'unica cosa importante in una storia d'amore, è l'amore.
Tutto il resto non conta.

INDICE

Made in the USA
Las Vegas, NV
12 February 2024

85695312R00111